La increíble historia de...

David Walliams

La increíble historia de...
MI TÍA
TERRIBLE

Ilustraciones de
Tony Ross

Traducción de
Rita da Costa

Montena

Papel certificado por el Forest Stewardship Council®

MIXTO
Papel procedente de
fuentes responsables
FSC® C117695

Penguin
Random House
Grupo Editorial

Título original: *Awful Auntie*
Cuarta edición: octubre de 2016
Novena reimpresión: junio de 2023

Publicado originalmente en el Reino Unido por HarperCollins Children's Books,
una división de HarperCollins Publishers Ltd.

Printed in Spain – Impreso en España

ISBN: 978-84-9043-417-8
Depósito legal: B-5.353-2015

Compuesto en Compaginem Llibres, S. L.
Impreso en Limpergraf
Barberà del Vallès (Barcelona)

GT 3 4 1 7 E

Para Maya, Elise y Mitch

Esto de aquí es Saxby Hall, donde transcurre nuestra historia.

Aquí se ve
el interior
de Saxby Hall.

Aquí tenéis un plano de la casa
y los terrenos que la rodean.

INVERNADERO

VERJA

SAXBY HALL

CAMINO
PRIVADO

GARAJE

LAGO

MURO DE SEGURIDAD

Prólogo

¿Tenéis una tía malísima? ¿Una de esas que siempre os mandan a la cama antes de que empiece vuestro programa favorito de la tele? ¿O que os obliga a comer hasta la última cucharada de su vomitiva tarta de ruibarbo, aun sabiendo que detestáis el ruibarbo? ¿O tal vez sea de esas que primero le dan un gran beso lleno de babas a su caniche y luego se vuelven hacia vosotros y os plantan otro beso doblemente baboso? ¿O de las que devoran los mejores bombones de la caja hasta que solo quedan esos tan asquerosos de guindas al licor? ¿O de las que se empeñan en que os pongáis ese espantoso jersey de lana que os tejió con sus propias manos y que pica que no veas, ya sabéis, ese que pone «Quiero a mi tía» en grandes letras moradas?

Pues creedme: por mala que sea vuestra tía, nunca le llegará a la suela de los zapatos a la tía Alberta.

Alberta era la tía más malvada que haya existido jamás.

¿Queréis conocerla?

¿En serio? Me lo temía.

Aquí la tenéis, en toda su maléfica maldad...

Ojos negros de
mirada fulminante

Gran búho
de las montañas
de Baviera

Monóculo

Sombrero de cazador
a lo Sherlock Holmes

Pelo rojizo

Cara de pocos amigos

Pipa

Colgante de búho

Guante de cuero grueso

Chaqueta de tweed

Pantalones bombachos
de tweed

Botas
con puntera
de acero

¿Estáis incómodamente sentados? Pues allá vamos...

Os presento a los demás personajes de esta historia:

La joven
lady Stella Saxby.

Este de aquí es Hollín,
un limpiachimeneas.

Wagner es un gran búho de las montañas
de Baviera.

Gibbon es el mayordomo
de Saxby Hall,
más viejo que Matusalén.

El inspector Strauss
es un policía.

1

La gran nevada

Todo se veía borroso.

Primero solo distinguió colores.

Luego líneas.

Poco a poco, Stella empezó a ver las cosas con más nitidez, hasta que la habitación apareció con todo detalle ante sus ojos.

La niña se dio cuenta de que estaba acostada en su propia cama. Su habitación era solo una de las muchas que había en la gran mansión familiar. A la derecha quedaba el armario ropero, y a la izquierda, un

pequeño tocador junto a un imponente ventanal. Stella conocía aquella habitación como la palma de su mano. Vivía en Saxby Hall desde que había nacido. Pero, por algún motivo, en ese instante todo le pareció extraño.

Fuera no se oía ni una mosca. La casa nunca había estado tan silenciosa. Era sobrecogedor. Sin levantarse, Stella se volvió para mirar por la ventana.

Todo se veía blanco. La nieve había caído con fuerza y lo cubría absolutamente todo hasta donde alcanzaba la vista: la larga pendiente de césped, el inmenso y profundo lago, los campos que se extendían más allá de la casa.

Había carámbanos de hielo colgados de las ramas de los árboles. Todo estaba helado.

No había ni rastro del sol. El cielo se veía pálido como la cera. No parecía que fuera de noche, pero tampoco de día. ¿Serían las primeras horas de la mañana o las últimas de la tarde? La niña no habría sabido decirlo.

Stella tenía la impresión de que llevaba durmiendo una eternidad. ¿Habrían pasado días, meses, años? Tenía la boca seca como la arena del desierto; el cuerpo, pesado como una losa. E inmóvil como una estatua.

Por un instante se le ocurrió que a lo mejor seguía dormida y estaba soñando. Soñando que estaba despierta en su habitación. Stella había tenido ese sueño antes, y le daba miedo porque, en él, no podía moverse por más que lo intentara. ¿Sería la misma pesadilla? ¿O algo peor aún?

Para salir de dudas y comprobar si estaba realmente soñando, pensó que lo mejor sería intentar moverse. Empezando por el extremo más alejado de su cuerpo, intentó menear el dedo meñique de un pie. Si estaba despierta y pensaba en menear el meñique, este la obedecería al instante. Sin embargo, por más que lo intentaba, el meñique no se movía ni pizca. No se inmutó siquiera. Como si aquello no fuera con él. Uno tras otro, Stella intentó mover todos los dedos del pie izquierdo, y luego del pie derecho. Y uno tras otro, todos los deditos se negaron a obedecer. Cada vez más asustada, la niña intentó mover los tobillos en círculos, estirar las piernas, doblar las rodillas y, finalmente, se concentró con todas sus fuerzas en intentar levantar los brazos. Pero todo fue en vano. Era como si la hubiesen enterrado en arena del cuello para abajo.

Entonces creyó oír algo al otro lado de la puerta. La casa de la familia Saxby había ido pasando de generación en generación desde hacía siglos. Era tan antigua que crujía a todas horas, y tan grande que hasta el más leve ruido resonaba en su interminable laberinto de pasillos. A veces, la joven Stella creía que la casa estaba encantada. Que un fantasma se paseaba por Saxby Hall a altas horas de la noche. Cuando se metía en la cama, creía oír a alguien o algo moviéndose al otro lado de la pared. A veces hasta creía oír una voz que la llamaba. Aterrada, se iba corriendo al dormitorio de sus padres y se metía en su cama. Ellos la abrazaban con fuerza y le decían que no se preocupara, que todos esos ruiditos extraños no eran más que el traqueteo de las viejas cañerías y el crujir de los tablones del suelo.

Stella no las tenía todas consigo.

Sus ojos volaron hasta la gran puerta de roble de la habitación, que tenía cerradura pese a que Stella nunca la usaba ni sabía dónde podía haber ido a parar la llave. Lo más probable era que la hubiese perdido siglos atrás alguno de sus tataratatarabuelos, uno de esos caballeros y damas, de la nobleza que habían pasado a la posteridad con cara de pocos amigos en los retratos al óleo que adornaban los pasillos de la casa.

Por el agujero de la cerradura se colaba un haz de luz que de pronto se apagó. La niña creyó distinguir un globo ocular observándola a través del orificio.

—Mamá, ¿eres tú? —preguntó. Al oír su propia voz, Stella supo que no estaba soñando.

Al otro lado de la puerta reinaba un silencio de lo más inquietante.

Stella reunió valor para volver a hablar.

—¿Quién hay ahí? —preguntó con voz temblorosa—. ¡Dime quién eres, por favor!

Los tablones del suelo crujieron al otro lado de la puerta. Alguien o algo había estado espiándola a través de la cerradura.

El pomo giró y la puerta se abrió despacio. La habitación seguía a oscuras, pero el pasillo estaba iluminado, y lo primero que vio Stella fue una silueta recortada a contraluz.

La silueta en cuestión medía tanto de ancho como de alto, era rechoncha como un barril y tirando a bajita. Fuera quien fuese, llevaba una chaqueta tipo sastre y unos bombachos (esos pantalones que usan algunos jugadores de golf, con la pernera corta y holgada). Un gorro como el de Sherlock Holmes coronaba su cabeza, con las solapas de las orejas colgando a los lados de la cara, lo que no le favorecía demasiado. De sus labios asomaba una larga y robusta pipa. Las volutas de humo no tardaron en llenar el dormitorio con su empalagoso olor a tabaco dulzón. En una mano llevaba puesto un grueso guante de cuero, sobre el que se erguía la silueta inconfundible de un búho.

Stella supo al instante de quién se trataba: era su malvada tía Alberta.

—Vaya, por fin te has despertado, criatura —dijo la mujer. Su voz era grave y profunda como el retumbar de un trueno. Cuando cruzó el umbral y entró en la habitación de su sobrina, sus grandes botas

marrones con puntera de acero resonaron en los tablones del suelo.

Ahora que la veía en penumbra, Stella distinguió el grueso tweed de su traje, así como las largas y afiladas garras del ave que se aferraba a su mano enguantada. Era un gran búho de las montañas de Baviera, la especie más grande de búhos que se conocía. En las aldeas de Baviera, los lugareños se referían a esa clase de pájaros como «osos voladores» por su tamaño descomunal. Ese búho en particular se llamaba Wagner. Era un nombre bastante extraño para una mascota, pero la tía Alberta tampoco era lo que se

dice una persona normal y corriente.

—¿Cuánto tiempo llevo dormida, tía Alberta? —preguntó Stella.

La mujer dio una larga calada a su pipa y sonrió.

—Ah, unos meses de nada, criatura.

2

La misteriosa desaparición

Antes de seguir con nuestra historia os contaré un par de cosillas sobre la tía Alberta, para que sepáis por qué era tan malvada.

He aquí el árbol genealógico de la familia Saxby:

LORD CUTHBERT SAXBY
(1698-1755)

LADY JANE SAXBY
(WHITTINGDON DE SOLTERA)

LADY ROSAMUND SAXBY
(MOORE DE SOLTERA)

LORD HORTATIO SAXBY
(1742-1815)

HUMPHREY
(1742-1850)

HORACE
(1743-1801)

HONORA
(1748-1823)

LORD CEDRIC SAXBY
(1799-1862)

LADY GENEVIEVE SAXBY
(CRUTTINGDOWN-SMYTHE
DE SOLTERA)

LADY HENRIETTA SAXBY
(CORRINGTON DE SOLTERA

LORD OSCAR SAXBY
(1842-1925)

OSBERT
(1844-1914)

OCTAVIA
(1845-1846)

ALBERTA
(1868-)

HERBERT
(1880-¿?)

ÁRBOL
GENEALÓGICO
DE LOS
SAXBY

LORD CHESTER SAXBY
(1880-)

LADY EMILY SAXBY
(SMYTHE DE SOLTERA)

STELLA
(1920-)

Como se puede apreciar en el árbol genealógico, Alberta era la mayor de tres hermanos. Fue la primera hija de lord y lady Saxby, a la que siguieron los gemelos Herbert y Chester. Una terrible desgracia se abatió sobre Herbert, el gemelo que había nacido en primer lugar. Al ser el mayor de los hermanos varones, Herbert estaba destinado a heredar el título de Lord Saxby el día que su padre pasara a mejor vida. El título llevaba aparejadas muchas riquezas: la mansión familiar, conocida como Saxby Hall, y también todas las joyas y objetos de valor que habían ido pasando de generación en generación. Según la ley hereditaria, el primogénito, como se conoce al primer varón nacido en la familia, se lo quedaba todo.

Sin embargo, poco después de que Herbert naciera, ocurrió algo de lo más inesperado. El bebé desapareció en plena noche. Su madre, que lo quería con locura, lo había puesto a dormir en la cuna, pero, cuando entró en la habitación al día siguiente, ya no estaba. Sencillamente había desaparecido. La mujer se puso a chillar desesperada, y sus gritos resonaron por toda la casa.

—¡¡¡¡¡NOOOOOO OOOOOOOOOOOO OOOOOOOOOOOO!!!!!!

Los habitantes de las aldeas y pueblos vecinos acudieron a Saxby Hall para ayudar a buscar al pequeño. Durante semanas peinaron los campos sin descanso, pero todo fue en vano. Jamás hallaron ni rastro del bebé.

Alberta tenía doce años cuando su hermanito desapareció. Nada volvió a ser lo mismo en la casa. Lo que mortificaba a sus padres, además de haber perdido a un hijo, era el hecho de no saber qué le había pasado. Por supuesto, seguían teniendo al otro gemelo, Chester, el padre de Stella, pero nunca superaron el disgusto por la desaparición de Herbert.

El caso se convirtió en uno de los grandes misterios sin resolver de la época.

Circulaban teorías de lo más estrafalarias en torno a la desaparición del bebé. La joven Alberta juró

que había oído aullidos en el jardín esa noche. La niña estaba convencida de que un lobo se había llevado a su hermano en plena noche. Sin embargo, no se halló ni un solo lobo en un radio de cien kilómetros alrededor de Saxby Hall, por lo que su teoría se convirtió en una más de tantas. Algunos daban por sentado que una compañía de circo ambulante había raptado a Herbert y lo había disfrazado de payaso. Otros creían que el niño se las había arreglado para bajar de la cuna y había salido de casa gateando. La más inverosímil de todas las teorías sostenía que el niño había sido secuestrado por una banda de duendes malvados.

Ninguna de esas descabelladas conjeturas ayudó a recuperar a Herbert. Los años fueron pasando y la vida siguió su curso, aunque no para los padres de Herbert. Era como si el tiempo se hubiese detenido para ellos. Nunca se les volvió a ver en público. No podían fingir una felicidad que distaba mucho de ser real. El dolor por la pérdida, el hecho de no saber qué había sido de su hijo, se convirtió en una carga insoportable. Apenas dormían ni comían. Vagaban por Saxby Hall como almas en pena. Se dice que murieron del disgusto.

3.

Un demonio de niña

Con la desaparición del pequeño Herbert, Chester (el padre de Stella) se convirtió en el heredero de la fortuna familiar. De pequeña, su hermana Alberta se portaba fatal con él.

Fijaos en las trastadas que le hacía:

- Regalarle una tarántula venenosa por Navidad.

Feliz Navidad

- Recoger piedras, espolvo-
  rearlas con azúcar glas
  y ofrecérselas diciendo
  que eran panecillos.

- Sujetarlo con pinzas a
  la cuerda de tender y
  dejarlo allí colgado toda la tarde.

- Talar un árbol mien-
  tras Chester trepaba
  por sus ramas.

- Jugar al escondite con él. Alberta dejaba que el pequeño se escondiera y luego se iba de vacaciones.

- Tirarlo al lago de un empujón mientras estaba distraído dando de comer a los patos.

- Sustituir las velas de su pastel de cumpleaños por cartuchos de dinamita.

- Cogerlo por los tobillos, girar como una peonza y soltarlo de repente.

- Cortar los cables de los frenos de su bici.

- Obligarlo a comer un cuenco lleno de gusanos vivos diciéndole que eran «espaguetis especiales».

- Tirarle pelotas de cricket rebozadas en nieve.

- Encerrarlo en un armario y luego tirar el mueble escaleras abajo.

- Meterle tijeretas en las orejas mientras dormía para que se despertara chillando.

- Enterrarlo hasta el cuello en arena y dejarlo tirado en la orilla mientras subía la marea.

Pese a todo, Chester siempre se había portado bien con su hermana. Cuando los padres de ambos murieron y él heredó Saxby Hall, se propuso cuidar lo mejor posible de la antigua mansión. El nuevo lord Saxby la adoraba tanto como lo habían hecho sus padres. Sin embargo, como era un hombre generoso por naturaleza, regaló todas las joyas y objetos valiosos de la familia a su hermana Alberta.

El tesoro familiar valía una fortuna, pero Alberta no tardó en despilfarrar hasta el último penique.

Y es que Alberta tenía un gran vicio.

El juego de las pulgas saltarinas.

El juego de las pulgas saltarinas era muy popular en aquellos tiempos. Se jugaba con un bote y varios discos o «pulgas» de distintos tamaños.

El objetivo era usar el disco más grande de todos, llamado «pulgón», para introducir en el bote tantos discos pequeños como fuera posible. Desde que era una niña, Alberta obligaba a Chester a jugar con ella. Para evitar que su hermana lanzara por los aires el bote de los discos, cosa que hacía cuando perdía una partida, Chester siempre la dejaba ganar. Alberta no solo era muy mala perdedora, sino también una gran tramposa. De niña, se inventaba sus propias jugadas maestras, todas ellas contrarias a las reglas del juego:

«Lo que no mata engorda»: comer el pulgón de tu adver- sario.

«El bocado»: morder la mano de tu adversario mientras este intenta jugar.

«La hucha»: esconder todos los discos de tu adversario en las bragas.

«Tiro al blanco»: meter tus discos en el bote dispa- rándolos con una escopeta de aire comprimido.

«Pulgas a la plancha»:
quemar todos los dis-
cos de tu adversario.

«El terremoto»: hacer que
la mesa de juego tiemble
cuando es el turno de tu
adversario, golpeándola
desde abajo con la rodilla.

«El que no corre vuela»: ocurre cuando el disco
de tu adversario está en el aire y un ave rapaz especialmente adiestrada para ello lo coge al vuelo.

«Las garrapatas»: consiste en pegar los discos de tu adversario a la mesa.

«Misión imposible»: aprovechando un despiste de tu adversario, sustituir el bote por otro mucho más alto, para que no pueda meter ni un solo disco.

«El pulgón apestoso»: tirarse una ventosidad directamente encima del pulgón de tu adversario para que no pueda acercarse a él durante un buen rato.

Cierto año, por Navidad, Chester compró a su hermana el libro *Las reglas del juego de las pulgas saltarinas*, del profesor P. Ulgón, con la esperanza de que pudieran consultarlo juntos y de que Alberta dejara de ser tan tramposa. Pero su hermana se negó a abrirlo siquiera. *Las reglas del juego de las pulgas saltarinas* se quedaron acumulando polvo en algún estante de la inmensa biblioteca de Saxby Hall.

Desde que era pequeña, Alberta siempre había sido muy competitiva. Tenía que ganar a toda costa en todo lo que hacía.

—Soy la mejor. ¡La mejor! —canturreaba, y hasta lo deletreaba—: ¡M, E, G, O, R!

La ortografía nunca había sido su fuerte.

Sin embargo, esa necesidad agresiva de quedar por encima de los demás había salido muy cara a su familia. En cuanto echó el guante a una parte de la fortuna de los Saxby gracias a la generosidad de Chester, la derrochó en el juego. Alberta se iba a los casinos de Montecarlo y se dejaba grandes sumas de dinero en la mesa de las pulgas saltarinas. En tan solo una semana había perdido cuanto tenía. Estamos hablando de miles y miles de libras. Entonces entró a escondidas en el estudio de su hermano y le robó el talonario. Falsificando su firma, vació la cuenta bancaria de Chester. En pocos días, había gastado también todo su dinero. Hasta el último penique. La familia se enfrentaba de pronto a una terrible deuda que nunca podría saldar.

Fue entonces cuando Chester se vio obligado a vender todo lo que podía. Antigüedades, cuadros, abrigos de pieles, incluso el anillo de diamantes que le

había regalado a su esposa, todo fue a parar a las casas de subasta para que lord Saxby pudiera conservar la casa. Una casa que pertenecía a los Saxby desde hacía siglos. Como toda gran mansión, Saxby Hall daba trabajo a un ejército de sirvientes que atendían las necesidades de la familia: un cocinero, un jardinero, una niñera, un chófer y un pelotón de criadas. Sin embargo, después de que Alberta despilfarrara todo el dinero, sencillamente no podían seguir pagándoles. El banco exigió que los despidieran enseguida. Así que, muy a su pesar, Chester se vio obligado a prescindir de sus servicios.

Se marcharon todos excepto uno. El viejo mayordomo, Gibbon.

Lord Saxby intentó despedirlo una docena de veces, por lo menos. Sin embargo, el hombre era tan mayor —le faltaba poco para cumplir cien años— que estaba sordo como una tapia y poco menos que ciego, así que era imposible explicarle que debía marcharse. Ya podía chillarle al oído, que el pobre hombre no se enteraba de nada. Gibbon trabajaba para los Saxby desde hacía varias generaciones. De hecho, llevaba tanto tiempo a su servicio que era como de la familia. Chester se había criado con él y le tenía mucho cariño, como si fuera un viejo tío excéntrico, por lo que se alegró de que Gibbon se quedara en la casa, entre otras cosas porque sabía que el anciano mayordomo no tendría adónde ir si se marchaba.

Así que Gibbon seguía deambulando por Saxby Hall y llevando a cabo sus tareas aunque no daba pie con bola. Cosas que solía hacer el viejo mayordomo:

- Pasar la máquina cortacésped por la moqueta.

- Entrar en la habitación con una bandeja repleta de calcetines apestosos y anunciar: «El té de las cinco, señor».

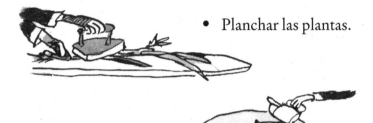

- Planchar las plantas.

- Regar el sofá.

- Anunciar a golpe de gong y a altas horas de la madrugada: «La cena está servida».

- Servir una pelota de billar hervida para desayunar.

- Sacar brillo a la hierba.

- Hervir los zapatos.

- Coger la pantalla de una lámpara y decir: «Saxby Hall, ¿dígame?» como si fuera un teléfono.

- Sacar la alfombra a pasear.

- Poner el pollo a asar en el maletero del Rolls Royce.

Los padres de Stella trabajaban de sol a sol para poder mantener la casa y la propiedad, pero Saxby Hall era demasiado grande para ellos, y no pudieron evitar que se fuera deteriorando. Tenían una mansión que no podían calentar ni iluminar, y un viejo Rolls Royce que apenas salía del garaje porque no podían pagar la gasolina. Aun echando mano de todos sus encantos, que no eran pocos, Chester apenas se las arreglaba para mantener a raya al gerente del banco de Londres, que siempre lo recibía con mala cara.

Cuando Stella nació, Chester se prometió que algún día su hija heredaría la gran mansión familiar, tal como él la había heredado de su padre. Su hermana Alberta había demostrado que a ella no podía confiarle Saxby Hall, por lo que se aseguró de dejar sus deseos muy claros en el testamento.

Últimas voluntades de lord Saxby, de Saxby Hall

Por la presente, yo, lord Chester Mandrake Saxby, dejo en herencia a mi hija Stella Amber Saxby la casa familiar conocida como Saxby Hall. En el supuesto de que Stella falleciera de modo repentino y prematuro, la casa se vendería y todo el dinero se repartiría entre los pobres. Es mi deseo expreso que mi hermana, Alberta Hettie Dorothea Pansy Colin Saxby, no herede la casa bajo ningún concepto, pues no dudaría en jugársela a las pulgas saltarinas. Para asegurarme de que eso no ocurre, he escondido la escritura de propiedad de Saxby Hall en la casa, en un lugar donde mi hermana Alberta jamás la encontrará.

Firmado a 1 de enero de 1921,

Lord Chester Mandrake Saxby

Lord Saxby no dijo ni una palabra de todo esto a su hermana. Si alguna vez leía su testamento, Alberta se subiría por las paredes.

4

El gran búho de las montañas de Baviera

¿Y cómo es que la tía Alberta tenía un gran búho de las montañas de Baviera como mascota?, os preguntaréis. Para contestar a esa pregunta tenemos que viajar al pasado una vez más y remontarnos a la época en que Stella no había nacido todavía.

Poco después de que Alberta derrochara la fortuna familiar jugando a las pulgas saltarinas en los casinos de Montecarlo, estalló una guerra en Europa. Chester se alistó como oficial en el ejército y le concedieron un puñado de medallas al valor por el coraje que demostró en los campos de batalla de Francia. Mientras tanto, su hermana también se ofreció como voluntaria para entrar en combate y la enviaron a luchar a los bosques de Baviera armada con una ametralladora. A diferencia de la gran mayoría de ciudadanos británicos, Alberta decidió luchar en el bando alemán, por un

único motivo: le gustaban más sus uniformes. Se veía muy sexy llevando puesto uno de esos cascos puntiagudos del ejército prusiano conocidos como *Pickelhauben*. Juzgad vosotros mismos...

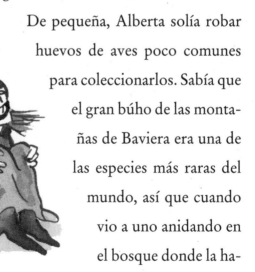

De pequeña, Alberta solía robar huevos de aves poco comunes para coleccionarlos. Sabía que el gran búho de las montañas de Baviera era una de las especies más raras del mundo, así que cuando vio a uno anidando en el bosque donde la habían enviado a luchar, trepó al árbol y robó el huevo del nido. Luego lo empolló hasta que nació la cría de búho, a la que llamó Wagner en honor a su compositor preferido (que, cómo no, era alemán).*

Poco después, la guerra llegó a su fin. Alberta había luchado en el bando perdedor y no veía con buenos ojos la perspectiva de ir a parar a un campo de prisioneros, así que robó un zepelín, uno de esos enormes globos dirigibles que tenía el ejército alemán, y despegó con el pequeño Wagner bajo el brazo. Al principio todo fue de maravilla, y Alberta sobrevoló buena parte del continente europeo a bordo del ze-

pelín. Sin embargo, cuando cruzaba el Canal de la Mancha y ya se divisaban a lo lejos los blancos acantilados de Dover, sucedió una catástrofe: el pincho metálico de su casco prusiano rasgó la inmen-

* El compositor se llamaba Wagner. Por si os habéis perdido.

sa burbuja de gas que flotaba por encima de su cabeza. Al instante, el zepelín empezó a soltar un potente chorro de aire caliente. Al fin y al cabo, no era más que un gigantesco globo, y surcó el cielo a una velocidad de vértigo, propulsado por una monumental traca de pedos, hasta que cayó al mar con un sonoro

C
H
O
F.

Alberta se las arregló para nadar hasta la orilla con el polluelo de búho (aun así más grande que un búho adulto normal) encaramado a su cabeza en precario equilibrio.

De vuelta en Saxby Hall, ya sana y salva, Alberta se propuso adiestrar al animal. Wagner no había llegado a conocer a sus verdaderos padres, por lo que enseguida aceptó a Alberta como madre. Ella se encargaba de alimentarlo dándole gusanos y arañas vivos directamente de su boca para que el pequeño búho los cogiera con el pico. A medida que Wagner fue creciendo, también lo hicieron los tentempiés, y Alberta pasó a darle de comer ratones y gorriones que había cazado con trampas. La comida se convirtió en una recompensa, y con el tiempo Alberta enseñó al búho una serie de trucos impresionantes, a saber:

- Llevarle las zapatillas.

- Hacer piruetas en el aire.

- Reconocimiento aéreo (un término militar que Alberta había aprendido mientras luchaba en la Primera Guerra Mundial y que significaba «espiar desde el aire»).

- Torpedear las cometas de los niños.

- Robar la ropa interior que las ancianas colgaban en los tendederos.

- Dejar caer bombas fétidas sobre el pueblo durante las fiestas.

- Entregar una carta o paquete en un radio de ciento cincuenta kilómetros.

- Cantar a dúo con Alberta sus arias preferidas de ópera alemana. El resultado era nefasto, puesto que la tía Alberta cantaba peor aún que el búho.

- Usar un orinal especial para búhos cuando tenía ganas de hacer pipí.

- Abalanzarse sobre los cachorros de gato y devorarlos de un solo bocado, con huesos y todo.

- Hacer un *strudel* de manzana, que es un postre típico alemán.

GRAN BÚHO DE LAS MONTAÑAS DE BAVIERA

OJOS AMARILLOS

GRANDES PENACHOS EN LAS OREJAS

PLUMAS MARRONES Y GRISES

CABEZA GRANDE

PICO AFILADO COMO UN CUCHILLO

PECHO IMPONENTE

GARRAS PUNTIAGUDAS

ALTURA APROXIMADA: 1,20 M

PESO: 40 KG

Llamadle como queráis —buholería, buhoística, buhología, buhografía, buhosofía—, pero lo cierto es que Alberta acabó haciéndose toda una experta en la materia.*

Más pronto que tarde, tanto ella como su querido Wagner se hicieron famosos en los círculos buhófilos. Hasta salían en las sesiones fotográficas de publicaciones especializadas en aves de rapiña, como *Búhos y lechuzas, Rapaces del mundo, Búhos y más búhos, Pluma, pico, pata, Buhopolitan* y *La gaceta buhonera: la revista que te tendrá despierto toda la noche*. Una vez hasta salieron juntos en la portada de ¡*Bu-Hola!*, la revista del corazón más famosa del mundo de las aves de rapiña. Dentro había un reportaje fotográfico de doce páginas de la serie «En casa con...» y una larga entrevista en la que Alberta y Wagner hablaban de cómo se habían conocido y cuáles eran sus planes de futuro. Eso sí, las respuestas de Wagner se parecían mucho a ululatos incomprensibles.

* O buhóloga, por usar la terminología correcta (si no me creéis, mirad en la buhopedia).

Alberta y Wagner. Wagner y Alberta. No cabe ninguna duda de que estaban muy unidos.

La pareja viajaba a todas partes en la motocicleta de Alberta, y el búho iba en el sidecar. Tenían gafas de aviador y gorros de piel a juego.

Lo más raro de todo era que Alberta y Wagner también compartían cama. Cuando Stella le llevaba a su tía la copita de jerez que se tomaba todas las noches,

los encontraba a ambos arropados bajo las mantas con idénticos pijamas a rayas, leyendo el diario. Era todo un espectáculo. En cierta ocasión, Stella los oyó chapoteando juntos en la bañera. Aquello no era natural, no estaba bien y desde luego no podía ser higiénico. Sobre todo para el búho.

Sin embargo, esa relación tan estrecha entre humana y bestia no era inocente. Todo ese tiempo, la tía Alberta se había dedicado a adiestrar al búho para que obedeciera sus órdenes sin rechistar, aunque para ello tuviera que cometer las mayores atrocidades.

5

La momia

Ahora que ya lo sabéis todo sobre Alberta y su gran búho de las montañas de Baviera, podemos retomar el hilo de la historia.

Habíamos dejado a Stella acostada en su habitación, en lo alto de Saxby Hall. Una gran sombra se proyectaba sobre ella: la sombra de la tía Alberta, que llevaba a su mascota, Wagner, posada en la mano.

—No lo entiendo, ¿cómo puedo llevar meses dormida? —preguntó Stella con voz quebradiza.

Alberta se lo pensó unos instantes, instantes que aprovechó para sacar un ratón vivo del bolsillo y, sujetándolo por la cola, dejarlo caer en la boca de Wagner. El pajarraco engulló a la desdichada criatura de un bocado.

—Desde el accidente... —contestó la mujer.

—¿Accidente? ¿Qué accidente? —preguntó Stella con tono suplicante.

La tía Alberta se acercó a la cama de la niña y posó una mano sobre las mantas.

—El accidente que te hizo esto...

Con gesto teatral, la mujer arrancó las mantas de un tirón. Stella miró hacia abajo y comprobó, horrorizada, que su cuerpo estaba vendado desde el cuello hasta los pies. Era como si fuera un antiguo faraón egipcio, momificado en una pirámide.

—Te has roto todos y cada uno de los huesos del cuerpo.

—¡¡¡Noooooo…!!! —gritó la niña.

—¡¡¡Síiiiiiiiiii…!!! —replicó Alberta con el mismo tono, burlándose de su sobrina—. Todos hechos papilla, hasta el último huesecillo. Tuvieron que recogerte a cucharadas, como si fueras un cacho de gelatina temblorosa.

—Pero ¿cómo…? ¿Qué pasó? ¿Y dónde están mis padres? —preguntó Stella. La pobre tenía tantas preguntas que las palabras le salían a borbotones.

La tía Alberta se la quedó mirando con una sonrisita maliciosa, dio una calada a la pipa y echó el humo a la cara de su sobrina.

—¡Uf, cuántas preguntas! ¡Todo a su tiempo, criatura!

—¡Pero tengo que saberlo! —replicó Stella—. ¡Ahora mismo!

Alberta chasqueó la lengua varias veces.

—¿Qué te parece si antes jugamos a las pulgas saltarinas?

Stella no podía creerlo.

—¿De qué me hablas?

La mujer cogió una caja de una balda y la puso sobre la cama.

—¡No es momento para eso! —estalló Stella.

—¡Siempre es un buen momento para jugar a las pulgas saltarinas! —replicó Alberta mientras se afanaba en colocar todas las piezas del juego—. ¡Yo prime! —anunció entusiasmada mientras pellizcaba su pulgón para lanzar una de las pulgas por los aires. El disco aterrizó en el bote con un tintineo.

¡CLINC!

—Un millón siete puntos para mí. ¡Te toca!

Stella fulminó a su tía con la mirada.

—Ah, claro, qué tonta soy. Lo había olvidado: ¡tienes los dos brazos rotos! Me parece que he vuelto a ganar.

—Yo ni siquiera quería jugar.

—Tienes que aprender a perder, Stella.

—¡Quiero saber qué les ha pasado a mis padres! —chilló la niña.

Alberta meneó la cabeza ante el comportamiento de su sobrina.

—Vamos a ver, si te estás calladita un segundo, la tita Alberta te lo contará todo con pelos y señales. —A menudo le hablaba así, como si fuera un bebé, lo que ponía a Stella de los nervios—. ¿No recuerdas nada del accidente?

—N-n-no... —Por más que lo intentara, Stella no conservaba recuerdo alguno de lo sucedido. Supuso que se habría golpeado la cabeza con fuerza. Pero ¿cómo?—. ¡Por favor, dímelo!

—Ay, señor. Ay, señor, señor. Ay, señor, señor, señor...

—¿Qué pasó? ¡Dímelo, te lo suplico!

—¡A callar! ¡Ni una palabra! —ordenó la mujer.

A la niña no le quedó más remedio que morderse la lengua.

—Ahora la tita Alberta puede empezar. —Era como si le estuviera contando un cuento antes de irse a dormir—. Esa mañana llovía. Tú ibas en el Rolls Royce de tu padre, os marchasteis a Londres. Tu padre había vuelto a quedar con el gerente del banco y tu madre había pensado llevarte a visitar el palacio de Buckingham. Pero, por desgracia, vuestra excursión tuvo un trágico final.

—¿Por qué? ¿Qué pasó?

—Puede que tu padre bebiera más de la cuenta...

—¡Pero si nunca bebe! —protestó Stella.

—... o a lo mejor iba demasiado deprisa...

—¡Papá nunca va deprisa!

Pero la tía Alberta estaba lanzada y no había manera humana de detenerla.

—El Rolls Royce iba a toda velocidad por una carretera que bordeaba la costa. Al tomar una curva cerrada, tu padre perdió el control del coche y... —La mujer hizo una pausa para acentuar el efecto dramático de sus palabras. Era como si disfrutara dando malas noticias.

—¿¿¿Y qué???

—¡Se cayó por un acantilado!

—¡NO! —gritó Stella.

—¡SÍ! Y se estrelló entre las rocas —concluyó Alberta antes de añadir su propio efecto sonoro—:

¡CATAPLUMMM!

Para entonces, Stella lloraba a lágrima viva.

—Vamos, vamos... —dijo Alberta, dándole unas palmaditas en la cabeza como si fuera un perro—. Verás, criatura, tienes suerte de seguir con vida. Muchísima suerte. Has estado en coma durante meses.

—¿Y mis padres? —preguntó la niña con un hilo de voz. Se temía lo peor, pero no había perdido del todo la esperanza—. ¿Dónde están? ¿Aquí en casa? ¿En el hospital?

Alberta se la quedó mirando fijamente con cara de disgusto.

—Ay, pobre criatura...

La tía Alberta negó con la cabeza y se sentó en el borde de la cama. Su rechoncha figura hizo que el colchón se inclinara violentamente a un lado. Sus dedos regordetes avanzaron de puntillas sobre la cama y su gran mano sudorosa se posó sobre la mano vendada de la niña. Los ojos de Stella se llenaron de lágrimas que no tardaron en rodar por sus mejillas.

—¡Por favor, dime qué les pasó a mis padres!

Por un instante, dio la impresión de que su tía reprimía una sonrisa.

—Verás, tengo que darte una mala noticia...

6

Una terrible pesadilla

—¿Muertos? —Stella era un verdadero mar de lágrimas—. ¡Por favor, te lo suplico, dime que no es verdad! ¡Dime que todo esto no es más que una terrible pesadilla!

La tía Alberta miró a su sobrina con cara de lástima. Le dio una larga y profunda calada a su pipa mientras reflexionaba sobre la respuesta.

—Muertos, criatura. Más muertos, imposible. Muertísimos, vamos. Lo que se dice dos fiambres. De hecho, están tan muertos que los enterraron hace meses. Yo de ti no me haría ilusiones.

Los recuerdos de sus queridos padres acudieron en tropel a la memoria de Stella. Vio a su padre llevándola en bote por el lago, haciendo el ganso con los remos para que ella se riera. Vio a su madre dando vueltas con ella por el salón de Saxby Hall, enseñándola a bailar. Sus recuerdos ya parecían viejas películas mudas en blanco y negro, con las imágenes borrosas y entrecortadas. Se esforzó por verlas con más claridad. Eran lo único que le quedaba de ellos.

—¿Hace meses? —farfulló Stella—. ¿Me he perdido su funeral?

—Sí, criatura. Fue un día tristísimo. Aún recuerdo sus dos ataúdes, los más baratos que había, uno al lado del otro. Por suerte, el párroco me hizo un dos por uno en el funeral.

—¿Les pusiste unas flores de mi parte?

—No. Si te digo la verdad, para entonces estaban tan muertos que les hubiese dado igual.

La pequeña no daba crédito a sus oídos. ¿Cómo podía la tía Alberta ser tan cruel con su propio hermano y su cuñada, los padres de Stella? No era ningún secreto que la mujer tenía celos de lord y lady Saxby, aunque ellos siempre la habían tratado de un modo ejemplar. Alberta hasta tenía un ala de la casa solo para ella. Sin Chester, no habría tenido donde caerse muerta después de haber despilfarrado toda su fortuna y buena parte de la de su hermano. Sin embargo, nunca le dio las gracias ni tuvo un gesto amable con él.

Siendo aún muy pequeña, Stella se había fijado en lo cruel que era Alberta con su hermano Chester. La mujer ponía los ojos en blanco siempre que él abría la boca, y respondía a sus sonrisas con miradas de desprecio. Cuando alguien de la familia cumplía años,

se escabullía a su invernadero, situado al fondo del jardín. Por raro que parezca, había cegado con pintura todas las ventanas del invernadero. Stella estaba bastante segura de que no lo usaba para cultivar plantas, como se suponía, porque no les llegaba ni un rayo de sol. ¿Dónde se han visto plantas que crezcan a oscuras? Sin embargo, fuera lo que fuese lo que Alberta tenía escondido allí dentro, había conseguido mantenerlo a salvo de todas las miradas.

—¿Y dices que he estado en coma todo este tiempo? —preguntó Stella entre sollozos, intentando serenarse.

—Sí. Desde hace meses. Te golpeaste la cabecita en el accidente y te llevaron en ambulancia al hospital. Los médicos y las enfermeras hicieron cuanto pudieron por salvarte la vida. Por supuesto, yo los llamaba cada hora para preguntar si había novedades en el estado de salud de mi única sobrina. Me preocupaba mucho que pudieras empeorar.

—Pero... si tengo todos los huesos rotos, ¿por qué no sigo en el hospital? —preguntó la niña.

La mujer le dio otra calada a la pipa mientras se lo pensaba.

—Bueno, porque, vamos a ver, sobrinita querida, ¿quién mejor que yo para cuidar de ti? Los hospitales están llenos de gente horrible, muchos enfermitos, ya sabes. Estás mucho mejor en casa, en tu propia cama, bajo la atenta mirada de tu tita y de Wagner. ¿A que sí, Wagner?

La mujer besó al búho en el pico, como solía hacer. A Stella aquellas muestras de cariño siempre le habían dado un poco de repelús, y se estremeció al verlo. Es un decir, claro, porque estaba vendada de la cabeza a los pies.

—Wagner ha estado muy pendiente de ti estos últimos meses. ¡Es como si fueras su polluelo, ja, ja!

—¿A qué te refieres?

—Bueno, como estabas en coma, no era fácil darte de comer. Y yo necesitaba, quiero decir, quería mantenerte con vida. Así que metía un sabroso gusano o escarabajo en la boca de Wagner, él lo masticaba un poco y luego te lo escupía en la boca mientras dormías.

La cara de Stella se puso verde.

—¡ESO ES ASQUEROSO!

—¿Has visto qué desagradecida, Wagner? —dijo la tía Alberta—. Es una mocosa mimada. Bueno, nosotros nos vamos.

Alberta se levantó y la cama se enderezó de golpe.

—¿Adónde vais? —preguntó Stella.

—¡Ah, no he tenido un minuto de descanso desde el trágico fallecimiento de tus padres! ¡Ha sido un no parar! ¡Había tanto que hacer! Vender la ropa de tu madre, quemar las cartas y diarios de tu padre...

—¡Pero a mí me hubiese gustado conservarlos!

—¡Pues haberlo dicho, criatura!

—¡ESTABA EN COMA! —protestó Stella.

—Eso no es excusa. Ah, ya puestos, quería preguntarte algo.

—¿El qué?

De repente, la tía Alberta parecía un poco tímida. Hablaba como si escogiera cada palabra con mucho cuidado.

—Verás, he buscado la escritura de Saxby Hall por toda la casa.

—¿Por qué?

—Porque no creo que una joven como tú esté preparada para llevar este viejo caserón. ¿Cuántos años tienes?

—¡Casi trece! —replicó Stella.

—O sea, que tienes doce, ¿no?

—Sí —concedió la chica.

—Pues di que tienes doce. No eres más que una niña. ¿No sería mejor que tu tita preferida se encargara de todo por ti?

La niña se quedó callada. Su padre siempre le había dicho que algún día heredaría Saxby Hall, y Stella había prometido cuidar de la mansión para que la siguiente generación de la familia pudiera disfrutarla. Por supuesto, no podía cuidar de una casa tan grande ella sola, pero tampoco quería que Alberta se encargara de hacerlo en su lugar. No se fiaba ni un pelo de su tía.

—¡PERO...! —protestó.

—¡NADA DE PEROS! No quiero que pierdas ni un minuto de sueño con todo esto. ¡Son cosas de adultos, un verdadero tostón! En cuanto haya encontrado la escritura, aunque para ello tenga que poner la casa patas arriba, lo único que tendrás que hacer es firmar la cesión de la propiedad y Saxby Hall será mía. Quiero decir que será mi responsabilidad cuidar de la casa en tu nombre. Lo que quería preguntarte...

—¿Sí?

La mujer miró a su sobrina con una sonrisa tan falsa que parecía llevar puesta una careta.

—Bueno, me preguntaba si no sabrás dónde está la dichosa escriturita...

Stella dudó unos instantes. Sus padres siempre le habían dicho que no debía mentir. Sin embargo, en ese momento supo que no le quedaba más remedio que hacerlo.

—NO.

La voz de la pequeña sonó más aguda de lo normal. La tía Alberta no parecía convencida.

—¿Estás totalmente segura?

La mujer pegó su rostro al de la niña. Tanto que Stella tuvo que contener la respiración, porque el aliento de su tía apestaba a jerez y a tabaco de pipa.

—Sí —respondió, intentando con todas sus fuerzas no pestañear, por si eso la delataba.

Sin embargo, estaba tan poco acostumbrada a decir mentiras que se le secó la boca como si hubiese comido un puñado de arena, y no pudo evitar tragar saliva.

—GLUBS.

—Como descubra que me estás mintiendo, jo-vencita, te meterás en un buen lío. Recuerda lo que te digo, un buen lío. **L , Y , H , O**. Lío.

La ortografía no era su fuerte, desde luego.

—Veamos, si necesitas algo, querida, lo que sea, no tienes más que llamarnos con esta campanilla.

Alberta sacó del bolsillo de la chaqueta una diminuta campanilla dorada con forma de búho. La agitó entre los dedos y la campana emitió un leve ¡TILÍN!

—Wagner o yo vendremos tan pronto como nos sea posible.

—¡No pienso volver a comer bichos masticados por ese pájaro espantoso! —gritó Stella.

Sus alaridos sobresaltaron a Wagner, que batió las alas y se puso a dar saltitos en la mano de su dueña, graznando sin parar. Las alas eran tan largas que con sus aspavientos el animal golpeó una foto enmarcada que había en la pared. La foto salió volando y cayó al suelo, hecha añicos. Era un recuerdo de la boda de los padres de Stella, y también la foto preferida de la niña. En ella, sus padres posaban ante la iglesia del

pueblo, la misma en la que se ha-
bía celebrado su funeral. Se veían
muy jóvenes y enamorados; ella,
increíblemente guapa con un va-
poroso vestido de novia blanco;
él, muy elegante con su reluciente
sombrero de copa y su frac de color negro.

La tía Alberta se agachó para recoger la fotografía
y chasqueó la lengua con cara de disgusto, como si le
importara.

—¡Mira lo que has hecho, criatura egoísta! ¿Cómo
se te ocurre darle semejante susto al pobre Wagner?
—La mujer sacó la foto del marco y la estrujó hasta
convertirla en un gurruño—. Ya que tú no puedes, la
echaré a la chimenea.

—¡No! —gritó Stella—. ¡Por favor, no lo hagas!

—No es ninguna molestia —respondió su tía—.
Como iba diciendo antes de tu pataleta, si necesitas
algo, lo que sea, lo único que tienes que hacer es llamarnos con la campanillita.

—Pero ¿cómo voy a cogerla? ¡No puedo mover los brazos! —protestó Stella.

La mujer se inclinó sobre la cama.

—¡Abre la boca! —ordenó, como si fuera una dentista demoníaca.

La niña hizo lo que le decían sin pensarlo, y la tía Alberta le metió la campana en la boca.

La mujer soltó una carcajada ante la extraña escena, y el búho ululó alegremente, como si también a él se le escapara la risa. La horripilante pareja salió de la habitación dando un portazo.

¡PAM!

Entonces Stella oyó la llave girando en la cerradura.

CLIC.

No tenía escapatoria.

7

La oruga humana

Pero Stella tenía que intentar huir. Por mucho que aquella mansión fuera su hogar, no quería quedarse allí a solas con esa horrible mujer ni un segundo más. Desde que era pequeña, la tía Alberta siempre le había dado un poco de miedo. A veces le contaba cuentos, pero siempre dándoles una siniestra vuelta de tuerca. Veréis, en las versiones de Alberta, el mal triunfaba sobre el bien.

Hansel y Gretel
Al final no es la bruja la que acaba metida en el horno, sino los dos hermanos, mientras ella vive feliz como una perdiz en su casa hecha de golosinas.

Los tres cerditos

El lobo malo sopla y sopla hasta derri-
bar las casas de los tres cerditos. Luego se atiborra de cerdo asado para
desayunar, almorzar y cenar todos
los días durante una semana.

Ricitos de Oro y los tres osos

Cuando Ricitos de Oro se
zampa las gachas de avena
de los tres osos, ellos se vengan zampándosela a ella.

Blancanieves

Cuando Blancanieves encuentra la cabaña de los siete enanitos, ellos la encierran y la obligan a cocinar y
a limpiar para ellos. Blancanieves se pasa el resto de
su vida lavando a mano siete pares de calzoncillos
apestosos todos los días.

La bella durmiente

Jamás se despierta, aunque se tira unos pedos impresionantes mientras duerme. Alberta disfrutaba especialmente con los efectos sonoros de esa parte del cuento, y hasta sacaba una trompeta para imitar las ventosidades de la joven.

Juan y las habichuelas mágicas

Juan resbala al trepar por las habichuelas mágicas, cae desde arriba y aplasta a su madre con un tremendo ¡CHOF!

Rapunzel

Es calva como una bola de billar. Cuando el apuesto príncipe intenta trepar hasta lo alto de la torre usando su peluca como cuerda, se la arranca de cuajo a la primera de cambio.

El príncipe rana

La princesa besa a la rana y coge una enfermedad que hace explotar su pompis.

Los tres cabritos y el ogro tragón

El ogro que vive bajo el puente se come a todos los cabritillos, y luego se zampa también el puente, y al final suelta un enorme eructo. Una vez más, la tía Alberta se lo pasaba pipa con los efectos sonoros.

La sirenita

Se ahoga. Colorín, colorado.

Estas vueltas de tuerca dicen mucho de lo retorcida que era Alberta. Stella tenía que huir.

La niña esperó a que los pasos de su tía se desvanecieran en el largo pasillo. La campanilla que le había metido en la boca tenía un regusto amargo, como de metal oxidado, y Stella la empujó hacia fuera con la lengua. La campanilla rodó por su cuerpo y se detuvo sobre la barriga. Stella se miró a sí misma. Más allá del cuello, todo su cuerpo estaba firmemente envuelto en lo que debía de ser un vendaje kilométrico. La tía Alberta le había dicho que tenía todos los huesos del cuerpo rotos, pero ¿podía ser eso cierto? Le parecía más probable que aquellas vendas fueran un modo de tenerla inmovilizada. La niña levantó la cabeza. Podía mover el cuello sin ninguna dificultad. Estaba casi segura de que, si lograba deshacerse de las vendas, podría echar a correr e intentar escapar.

Saxby Hall quedaba a pocos kilómetros de distancia de la población más cercana, situada más allá de un extenso páramo. Cruzarlo de noche sería demasiado peligroso, pero, de día, tal vez lograra alcanzar la granja más cercana en un par de horas si corría con todas sus fuerzas. Su plan era llamar a la primera puerta que encontrara y suplicar que la ayudaran. Lo que más deseaba en el mundo era averiguar qué les había pasado realmente a sus padres.

Pero antes de escapar de la casa, Stella tenía que escapar de los vendajes.

La niña empezó a balancear el cuerpo de un lado al otro. Una sonrisa iluminó su rostro cuando se dio cuenta de que podía moverse un poquitín.

Izquierda.

Derecha.

Izquierda.

Derecha.

Como si estuviera en un columpio, cada vez iba ganando más impulso.

Izquierda.

Derecha.

La campanilla rodó sobre su estómago, se deslizó hacia un costado y fue a caer en los tablones de madera del suelo.

PUM.
¡TILíN!

Stella se dio cuenta de que se daría un buen batacazo si caía desde allí arriba, pero siguió rodando de acá para allá.

Izquierda. Derecha.

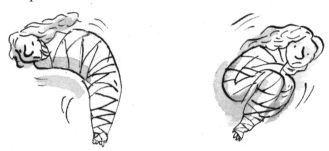

Ahora sí que empezaba a coger impulso.

Izquierda. Derecha.

Izquierda.

Por un momento tuvo la sensación de estar flotando. Justo después, se cayó de bruces al suelo.

PLOF.

—¡Aaay! —gritó, y lamentó haberlo hecho.

Los vendajes se habían aflojado con la caída, y Stella comprobó que podía mover un poco los brazos y las piernas. «¡Eso quiere decir que no están rotos!», se dijo, y se arrastró por el suelo con la gracia y la velocidad de una oruga. Al cabo de un minuto se dio cuenta de que solo había avanzado unos pocos centímetros. Aquello era patético. Allí estaba, tirada en el suelo, exhausta y desanimada. A ese paso, tardaría un mes en alcanzar la puerta de la habitación, y todo un año en arrastrarse hasta la planta baja.

Stella sabía que todos sus esfuerzos serían inútiles hasta que se librara de las vendas, pero ¿cómo podía quitárselas? No podía mover las manos ni los pies. Entonces tuvo una idea.

Podría decirse que descubrió cómo hincarle el diente al problema.

Primero hundió la barbilla tanto como le era posible. Luego sacó la lengua hacia fuera e intentó atrapar un trozo de venda. Aquello era como tratar de coger un patito de goma con una caña de pescar en la feria: parecía pan comido, pero tenía su intríngulis. Después de muchos intentos frustrados, consiguió atrapar un extremo de venda entre los dientes.

Tiró de la gasa con fuerza echando el cuello hacia atrás y consiguió aflojar el vendaje meneando la cabeza. Luego lo sujetó con fuerza entre los dientes. Era como un perro que hubiese encontrado un hueso muy especial del que nunca querría separarse.

Stella se arrastró de vuelta a su cama. Agotada pero decidida, enganchó el extremo de la gasa en uno de los afilados muelles metálicos que había debajo del col-

chón. Luego rodó sobre sí misma. Una y otra vez. Cuanto más rodaba, más se desenrollaba el vendaje.

¡Su plan funcionaba!

Con cada nueva capa de vendaje que caía, su cuerpo recuperaba un poco más de libertad. No tardó en poder mover los brazos, y luego las piernas.

La oruga humana se estaba transformando en mariposa.

La ilusión por verse libre llenaba su cuerpo agotado de una energía electrizante. Empezó a rodar cada vez más deprisa, y a mover los brazos y las piernas como aspas de molino. En cuanto liberó el brazo izquierdo, cogió la punta de la gasa con la mano.

Ahora parecía una peonza dando vueltas.

Lo siguiente fue soltar el brazo derecho. Ya podía empujar el vendaje hacia abajo, y no tardó en ver sus piernas libres.

Por un momento, se quedó tumbada de espaldas en el suelo de la habitación. La dura lucha había terminado. El vendaje había quedado hecho un ovillo a su lado, como una serpiente que hubiese matado con sus propias manos.

El cuarto de Stella quedaba en la segunda planta. Moviéndose con dificultad, se asomó a la ventana en camisón. Al ver el jardín cubierto de nieve, se dio cuenta de que no podía saltar desde tan arriba.

Una enorme mole blanca destacaba al fondo del jardín. Parecía un muñeco de nieve, pero era casi tan alta como la casa, y había una escalera de mano apoyada en ella. ¿Qué sería? Por unos instantes, Stella no pudo apartar los ojos de la extraña silueta, pero empezaba a hacerse de noche y debía darse prisa.

Sin embargo, había un problema.

Su única vía de escape era la puerta, y estaba cerrada con llave.

Solo había una llave.

Y estaba puesta en la cerradura, al otro lado de la puerta.

8

La gran evasión

Stella tenía un plan. Se fue corriendo hacia el escritorio, donde cogió un lápiz y una hoja de papel. Había una pequeña rendija debajo de la pesada puerta de madera. Stella deslizó por ella la hoja; luego introdujo la punta afilada del lápiz en la cerradura y empujó la llave con suavidad. Si lo hacía con demasiado ímpetu, caería más allá del papel y aterrizaría con un sonoro ¡CLONC! en el suelo de madera. Eso seguro que llamaría la atención de la tía Alberta.

Tenía que hacerlo con mucho tiento.

Poco a poco, la llave cayó de la cerradura...

... y aterrizó sobre la hoja de papel. Stella tiró de la hoja por debajo de la puerta. Su rostro se iluminó de alegría cuando vio que la llave pasaba por la rendija. La apretó contra el pecho como si fuera el mayor tesoro del mundo. Estaba tan nerviosa que le temblaban las manos. Metió la llave en la cerradura y, como un ladrón de guante blanco intentando abrir una caja fuerte, la giró muy despacito.

CLIC.

Ya podía abrir la puerta.

La niña giró el gran pomo de latón y la abrió. Primero, solo un poquitín, lo suficiente para asomarse y comprobar si era seguro salir. El largo pasillo se extendía ante sus ojos, desierto.

Stella iba descalza y no llevaba encima más que el camisón. No había tiempo para vestirse como estaba mandado. Alberta podía volver en cualquier momento. Tenía que aprovechar la oportunidad mientras podía.

Habiendo vivido en Saxby Hall toda su vida, Stella conocía la casa como la palma de su mano. Aunque no se lo propusiera, era consciente de dónde debía poner los pies para evitar hacer ruido. Avanzó de puntillas por el pasillo, esquivando los tablones del suelo que más crujían. Se movía con tanto sigilo que se sentía como una ladrona en su propia casa.

Finalmente, Stella llegó al descansillo y miró hacia abajo por los huecos de la balaustrada. Desde allí arriba apenas alcanzaba a ver la inmensa puerta de roble de Saxby Hall.

En materia de crujidos, la escalera era aún más traidora que el pasillo. La niña bajó el primer tramo de escalones con muchísimo cuidado.

A medio camino, oyó un ruido a su espalda.

CLOC CLOC CLOC.

Pasos.

CLOC CLOC CLOC.

Alguien se acercaba por el pasillo.

CLOC CLOC CLOC.

Stella miró hacia atrás.

CLOC CLOC CLOC.

Solo era Gibbon, el mayordomo.

Stella soltó un suspiro de alivio. Le hubiese suplicado que la ayudara a escapar, si no fuera porque sabía que no serviría de nada. El fiel sirviente era más viejo que Matusalén, estaba sordo como una tapia y no veía un palmo más allá de su nariz. Por mucho que te empeñaras, no había manera de comunicarte con él. Vivía en su propio mundo.

La levita negra de Gibbon se veía raída y polvorienta; sus guantes blancos, llenos de agujeros, y sus viejos zapatos desgastados chancleteaban a cada paso.

No obstante, el mayordomo avanzaba a grandes zancadas por el pasillo sosteniendo con orgullo su bandeja de plata, en la que llevaba un pequeño tiesto a punto de caer.

—¡El desayuno, duquesa! —anunció mientras abría la puerta de un armario y se metía dentro.

Stella movió la cabeza como si no pudiera creerlo. El viejo mayordomo no daba ni una.

La niña siguió bajando las escaleras lo más deprisa y silenciosamente que pudo.

¡CREEEEEEEEC!

¡Oh, no! Había olvidado el peldaño que más crujía: el último. Haber llegado tan lejos para dejarse atrapar sería una calamidad.

Desde la otra punta del pasillo le llegaron ruidos procedentes del estudio de su padre. Sonaba como si alguien estuviera revolviendo la habitación: libros y cajas tirados al suelo, papeles esparcidos por todas partes. Alberta hablaba sola, y estaba hecha una auténtica furia:

—¿Dónde has metido esa maldita escritura?

Stella se tranquilizó, pues su tía no podía haberla oído con tanto jaleo, y empezó a cruzar el vestíbulo de puntillas en dirección a la puerta.

¡RIIIN RIIIN RIIIN RIIIN!

La niña dio un brinco.

¡RIIIN RIIIN RIIIN RIIIN!

Y frenó en seco.

¡RIIIN RIIIN RIIIN RIIIN!

Pero solo era el teléfono, sonando en lo que antes era el estudio de su padre.

¡RIIIN RIIIN RIIIN RIIIN!

Alberta descolgó el auricular. Stella se quedó quieta como una estatua y aguzó el oído.

—¡Saxby Hall, lady Saxby al habla! —dijo la mujer.

Stella no podía creerlo. Su tía tal vez fuera lady Alberta, pero desde luego no era lady Saxby. Ese título era de su madre, y Alberta se había apropiado de él.

—¡Ah, la directora del colegio! Cuánto me alegro de hablar con usted.

Debía de ser la señorita Beresford, la directora del colegio de Stella, la Escuela Santa Ágata para Niñas de Buena Familia.

—No, no volverá a clase en un futuro cercano. Me temo que no ha habido ninguna mejoría. Sí, aún sigue en un coma muy profundo.

¿Cómo podía su tía mentir tan descaradamente?

—No, no hay ninguna necesidad de que vengan a visitarla usted y las niñas, muchas gracias. Ya sé que se acerca la Navidad, pero pueden ustedes enviarle un regalo por correo y yo se lo guardaré. Sí, señorita Beresford, es una situación difícil. Sobre todo para mí, porque quiero a mi sobrina como si fuera mi propia hija. Oh, sí, por supuesto, la avisaré en cuanto se despierte. Si es que eso llega a ocurrir, claro está. Tal vez debamos prepararnos para lo peor. Lo siento mucho, señorita Beresford, pero se me saltan las lágrimas solo de pensarlo.

Lo siguiente que oyó Stella fue el llanto desconsolado de Alberta.

—¡Ay, ay, ay! ¡¡¡AY, AY, AY!!! ¡¡¡AAAY, AAAY, AAAY, AAAY!!! ¡¡¡¡¡¡AAAAAAAAAYYYY!!!!!!

Y luego concluyó la llamada con un alegre y despreocupado «¡Chaíto!».

¡CLIC!

La mujer había colgado.

—Vieja entrometida... —farfulló Alberta para sus adentros.

Stella estaba aterrada. ¡¿«Tal vez debamos prepararnos para lo peor»?! ¿Qué pensaba hacerle la muy ruin? Tenía que huir. Cuanto antes.

La niña pasó de puntillas por delante de la vieja armadura que siempre había estado junto a la puerta. Tomó la precaución de no rozarla, pues temía que dejara caer al suelo el arma que sostenía con su guante metálico. El mangual, que así se llamaba esa bola metálica con pinchos que colgaba de una cadena, seguro que haría un CLONC espectacular al golpear el suelo.

Stella se abrió paso sin hacer ruido hasta la imponente puerta de roble macizo que daba a la calle. Giró el pomo, pero estaba cerrada con llave. Normalmente, solo se cerraba desde fuera cuando la familia se marchaba, pero Alberta la había cerrado por dentro. Seguramente para que su sobrina no pudiera escapar. Desde que Stella alcanzaba a recordar, las muchas llaves de la inmensa mansión se guardaban todas en un armario junto a la puerta. Stella abrió el armario, pero no le sorprendió lo más mínimo comprobar que estaba vacío. Alberta debía de haber escondido las llaves.

La niña se encaramó a la repisa de una ventana e intentó abrirla, pero también estaba cerrada con llave. Romper el cristal para escapar sería demasiado arriesgado. El ruido alertaría a su tía Alberta, mucho más que el crujir de los tablones del suelo.

Mientras Alberta seguía buscando la escritura de la casa entre maldiciones y vaciando cajas en el estudio, Stella recordó algo. Sus padres solían guardar una copia de la llave debajo del felpudo. Stella estaba bastante segura de que Alberta no conocía la existencia de esa llave. Levantó el felpudo

y allí estaba, vieja y oxidada, como un tesoro que llevara mucho tiempo enterrado.

Mientras se incorporaba con la llave en la mano,
Stella se dio cuenta de algo. Dos grandes ojos amarillos la miraban fijamente. Los ojos de un búho. Era
Wagner. Estaba colgado boca abajo de la araña del techo. Como un murciélago. Un aterrador murciélago
con ojos de búho.

9

Presa fácil

Si algo espero que aprendáis con este libro es que no se puede razonar con un gran búho de las montañas de Baviera.

—Vaya, ho-ho-hola, Wa-Wa-Wa-Wagner... —farfulló la pequeña—. No sufras por mí, solo salgo un momento a que me dé el aire.

El búho entornó sus ojos amarillos, que la veían del revés.

—No-no-no hace falta que le digas nada a mi querida tía...

—¡CRUAAAJ!

Los graznidos de Wagner eran ensordecedores.

—¡CRUAAAJ! ¡CRUAAAJ! ¡CRUAAAJ!

—Chisss... —suplicó la niña.

Pero de nada sirvió. Recordad: no se puede razonar con ellos.

La monstruosa criatura empezó a batir sus enormes alas, que golpearon la antigua armadura y la hicieron caer al suelo, junto con la bola de pinchos que colgaba del guante metálico, con un estruendoso...

¡CLONC!
¡PLAF!
¡CATAPLÁN!

—¡Chisss! ¡Chisss! ¡Pajarraco tonto!

El gran búho de las montañas de Baviera parecía entender lo que decía la niña, porque nada más oírla empezó a graznar a pleno pulmón y a batir las alas con todas sus fuerzas.

Segundos después, Stella oyó a la tía Alberta salir del estudio hecha un basilisco y avanzar en su dirección.

—¡Wagner! —lo llamó—. ¡WAGNEEER!

Temblando de miedo, Stella metió la llave en la cerradura e intentó girarla, pero estaba tan nerviosa que no atinaba a abrir, y la llave traqueteaba en vano.

Con el rabillo del ojo, veía a su tía acercándose cada vez más por el largo pasillo. Alberta no era lo que se dice una atleta. Lo suyo era más la lucha cuerpo a cuerpo. Sin embargo, avanzaba a un ritmo constante, como un carro de combate.

Después de lo que le pareció una eternidad, pero seguramente no había durado más de un segundo, la niña oyó el clic de la cerradura al abrirse. Con dedos temblorosos, giró el pomo y se precipitó a la calle oscura.

Esa noche había luna llena. Suspendida sobre el horizonte, alumbraba el grueso manto de nieve del suelo. Stella corría tan deprisa que apenas notaba el frío en sus pies descalzos. Avanzaba casi a ciegas, y estuvo en un tris de estrellarse con la inmensa mole de hielo que alguien había levantado en el jardín. Al

verla de cerca, se dio cuenta de que era por lo menos diez veces más alta que ella. Cuando miró hacia atrás, distinguió la silueta de su tía recortada en el umbral de la puerta. Wagner estaba posado en su mano. La mujer no se había movido de allí. No había echado a correr tras ella, y eso le daba mucho miedo. Era como si la tía Alberta supiera que lo tenía todo bajo control.

—¡TRAE DE VUELTA A ESA DICHOSA NIÑA! —gritó la mujer, y el gran búho echó a volar al instante.

El corazón de Stella latía a toda velocidad. La gran verja metálica a la que daba el camino privado aún quedaba muy lejos. Sus pies estaban entumecidos por el frío, y tropezaba una y otra vez en la nieve.

Entonces oyó un batir de alas por encima de su cabeza. Miró al cielo negro, pero no vio al búho por ninguna parte. El aleteo se oía cada vez más cerca. Wagner estaba a punto de alcanzarla.

Desde el umbral, la tía Alberta daba órdenes a su mascota.

—¡MANTÉN EL RUMBO, WAGNEEER! ¡MANTÉN EL RUMBO!

Stella intentó apretar más el paso. No había corrido tan deprisa en toda su vida. Tenía la sensación de que se estaba jugando el pellejo. Finalmente, alcanzó la inmensa verja de hierro de Saxby Hall. Tiró de ella con todas sus fuerzas, armando una gran escandalera, pero la verja no cedió. La tía Alberta también la habría cerrado con llave. La niña apenas podía respirar. Tenía los pies agarrotados y le escocía la piel a causa del frío. Pero no pensaba rendirse. «¡Tiene que haber otra salida!», pensó. Echó a correr a lo largo del muro que rodeaba la propiedad. Era alto y estaba hecho con ladrillos, pero tenía que haber un agujero en alguna parte. O un árbol al que pudiera trepar para saltar al otro lado, a los campos que rodeaban Saxby Hall.

—¡ATACA! —gritó Alberta.

Stella oyó al pajarraco surcando el aire a su espalda. Siguió corriendo sin atreverse a mirar hacia arriba. De pronto, se dio cuenta de que sus pies no tocaban el suelo, aunque sus piernas seguían moviéndose...

¡CRUAAAJ!

Un estruendoso graznido retumbó en sus oídos. Entonces vio, horrorizada, las afiladísimas garras de Wagner en sus hombros. El búho gigante la había levantado del suelo como si fuera una de sus presas.

Stella intentó zafarse de él. Desesperada, golpeó a la temible criatura con los puños. Entonces, Wagner remontó el vuelo y se elevó en el cielo negro. Stella miró hacia abajo, más allá de sus pies, que se mecían

en el aire. Volaban a una altura vertiginosa. Si el búho la soltaba en ese momento, se espachurraría en el suelo. Aquello era tan aterrador que Stella cerró los ojos con todas sus fuerzas.

Mientras tanto, la tía Alberta observaba al búho, que voló en círculos antes de llevar a Stella de vuelta a la casa. En el rostro de la mujer lucía una sonrisa de lo más siniestra.

10

Encerrada en el sótano

—Esto lo hago por tu propio bien, criatura —mintió la tía Alberta.

La mujer había conducido a su sobrina al oscuro cuartucho del sótano donde se almacenaba el carbón. Las paredes, el suelo y hasta el techo estaban totalmente ennegrecidos por el hollín. La carbonera quedaba bajo tierra, así que no había una sola ventana. La única luz disponible era la llama vacilante de una vela que Alberta sujetaba con una mano. En la otra, llevaba a Wagner. Stella, todavía descalza y en camisón, se había visto obligada a sentarse en el suelo. La tía Alberta se alzaba ante ella con aire amenazador.

—¡No puedes encerrarme aquí abajo! —exclamó Stella.

—Es por tu propio bien —replicó la mujer.

—¿Cómo puedes decir que me encierras en el sótano por mi propio bien?

Stella no estaba dispuesta a rendirse.

—Verás, criatura, ahora que tus pobres papis ya
no están, me corresponde a mí, tu tita preferida, cuidar de su sobrinita querida.

—¡Pero si eres mi única tía! —replicó la niña.

—¡En ese caso solo puedo ser tu preferida! Sé que
su muerte habrá sido un gran golpe para ti, como lo
ha sido para mí, desde luego...

—¡Pues no pareces demasiado triste! —interrumpió Stella, pero Alberta no se dio por aludida.

—... pero no se te ocurra
volver a escapar. Mira
que echar a correr por
la nieve descalza y en
camisón... ¡Por todos
los santos, podías ha-
berte puesto muy ma-
lita y acabar muertecita!

—¡Quiero saber qué les pasó realmente a mis padres! —exclamó la niña.

La tía Alberta no contestó enseguida.

—Te he dicho la verdad, jovencita —dijo al cabo de unos instantes, entornando los ojos—. Fue. Un. Accidente. **A, X, I, D, E, N, T, E.** * ¡Te lo deletreo y todo!

Alberta hablaba de un modo brusco, agresivo, y las palabras brotaban de su boca como lo harían las balas de una pistola.

—¡Mentira cochina!

—¿Cómo te atreves? Niña impertinente. La tía Alberta no ha dicho una mentira en toda su vida.

—¡Me has dicho que tenía todos los huesos rotos! ¡Y es mentira!

Stella comprendió que la mujer estaba a punto de perder los estribos. Su gran narizota temblaba de ira,

---

* Por favor, no me escribáis para quejaros de que hago faltas de ortografía. No es culpa mía que la tía Alberta sea una nulidad en la materia. Todas las cartas de protesta deben ir a nombre de la señora Alberta Saxby, y deben enviarse a su dirección: Mansión Saxby Hall, condado de Little Saxby, Inglaterra.

pero se esforzaba mucho para que no se le notara demasiado.

—Sí que estaban rotos, criatura. Todos y cada uno de tus huesos. Por eso te los vendé.

—Y has mentido por teléfono a la señorita Beresford. ¡Le has dicho que yo seguía en coma!

En ese momento, la tía Alberta soltó un largo y amenazador gruñido.

—¡Gggggrrrrrr!

El ruido sobresaltó al búho, que estaba posado en su mano, como siempre. Wagner giró la cabeza ciento ochenta grados para ver de dónde provenía aquel sonido, y Alberta se esforzó por serenarse.

—Acababas de despertarte, criatura. No estabas lo bastante bien para volver a clase enseguida. Así que, de acuerdo, a lo mejor he dicho una mentirijilla de nada, pero solo lo he hecho para protegerte, mi sobrinita queridita.

La tía Alberta tenía respuesta para todo. Stella soltó un suspiro.

—Me muero de hambre. Y de sed.

—¡No me extraña, pobrecilla! ¡Wagner puede prepararte uno de sus batidos especiales ahora mismo! —sugirió la mujer con gesto teatral.

—¿Batidos? —preguntó la niña.

—Sí, como cuando estabas en coma. Son batidos muy nutritivos. De hecho, llevo en los bolsillos unos cuantos ingredientes de lo más sabrosos. ¡Wagner los masticará para que puedas tomarlos en forma de batido!

—¡No! —protestó Stella.

La tía Alberta se puso a hurgar en los bolsillos.

—¿Qué sabor te apetece? —preguntó con tono dicharachero, sacando una cucaracha y un ratón de campo—. ¿Batido de cucaracha y ratón?

—¡Noooooooooo! —protestó la niña.

La tía Alberta siguió hurgando en los bolsillos de su chaqueta.

—¿Sapo y gorrión?

—¡Nooooooooo!

—¿Y qué me dices a un buen batido de gusanos y topo?*

—¡Nooooooooooooooooo!

Wagner se puso como loco a la vista de tanta comida, y empezó a menear la cabeza y a graznar, entusiasmado. La tía Alberta dejó caer un puñado de aquellas desdichadas criaturas en su pico. El búho empezó a sacudirlas de aquí para allá dentro de su boca.

—¡Puedes probar una mezcla de todas! ¡Es una auténtica exquisitez!

—¡Creo que voy a vomitar! —dijo Stella, tapándose la boca.

—Tienes un cubo en el rincón, criatura. También puedes usarlo cuando te entren ganas de hacer pipí o

---

* Entre los sabores disponibles, había también: nutria y caracoles; renacuajos y ratones; pinzón y oruga; murciélago y araña; rana y avispa; polilla y cachorro de zorro; erizo y ciempiés; armiño y abejorro; anguila y saltamontes; culebra y tritón.

popó. —La mujer se volvió de nuevo hacia el búho—. ¡Wagner, traga! —ordenó. La comida se deslizó por la garganta del animal—. ¡Ese es mi buhito querido!

Alberta le plantó un beso en el pico y luego se dirigió a la puerta metálica.

—¡No puedes dejarme aquí! —protestó Stella.

—Lo hago por tu bien, criatura. No podemos consentir que intentes escapar otra vez, ¿a que no?

—¿Y tú, adónde vas? —preguntó la niña.

—Debo encontrar esa dichosa escritura. No hay ni rastro de ella en el estudio de tu padre. Intenté sonsacar a Gibbon, pero ese viejo chocho me tomó por un caballo. ¡No hacía más que darme palmaditas en la cabeza y ofrecerme terrones de azúcar mientras me decía «Caballito bonito»!

A Stella casi se le escapa una carcajada.

—He puesto la casa patas arriba buscando esos papeles —continuó su tía—. En su testamento, tu padre dejó dicho que los había escondido en un lugar donde yo nunca los encontraría. ¡Eso me saca de mis casillas! —Alberta pisoteó el suelo de pura frustración, y luego miró a su sobrina, que temblaba de miedo—. ¿Estás segura de que no sabes dónde los escondió, criatura?

—¡Sí! —replicó Stella, de sopetón esta vez. Alberta se dio cuenta de que estaba mintiendo.

—Seguro que papaíto se lo contó a su adorada hijita...

—¡No! —Stella tragó saliva.

La niña sabía exactamente dónde estaban los documentos. Su padre le había revelado el escondite, que era de lo más ingenioso. El difunto lord Saxby estaba seguro de que sería el último sitio donde se le ocurriría mirar a su hermana.

¿Adivináis dónde estaban?

11

Más allá de las paredes

Estaban escondidos entre las páginas de *Las reglas del juego de las pulgas saltarinas*.

Chester, el padre de Stella, sabía que, con tal de encontrar la escritura de Saxby Hall, su hermana vaciaría la caja fuerte, saquearía su estudio y sería capaz incluso de levantar los tablones del suelo. Pero nunca se le ocurriría abrir ese libro. La tía Alberta siempre hacía trampas cuando jugaba a las pulgas saltarinas. Las reglas oficiales del juego no tenían ningún valor para ella. Jugaba según sus propias reglas. Las reglas de Alberta. Reglas que podía cambiar a su antojo. Nunca

se le había ocurrido hojear siquiera el libro. Era el lugar perfecto para esconder la escritura.

En la carbonera del sótano, la tía Alberta miró a su sobrina con cara de pocos amigos.

—Bueno, Stella, yo que tú intentaría recordar dónde te dijo papaíto que estaban esos documentos.

—No tengo ni idea, tía Alberta.

—Eso dices ahora. Tal vez después de pasar unos días aquí abajo, sola y a oscuras, recuperes la memoria. ¡Chaíto!

La tía Alberta salió dando un portazo y cerró la gruesa puerta metálica. Esta vez tomó la precaución de sacar la llave de la cerradura. Stella no volvería a pillarla desprevenida. Oyó cómo se alejaban sus pasos, y luego cómo subía los peldaños de la vieja escalera de piedra para volver a la parte noble de la casa.

Sin la luz de la vela, el sótano estaba oscuro como boca de lobo. Era una lástima que Stella tuviera miedo de la oscuridad. Todavía en camisón, avanzó a gatas hasta donde recordaba que estaba la puerta. Buscó la manija a tientas, pero la puerta no se abría. Era absurdo intentarlo siquiera, pero estaba desesperada y no soportaba la idea de quedarse allí abajo ni un segundo más. Recorrió los contornos del sótano con las yemas de los dedos, en busca de algún agujero o grieta en la pared que pudiera agrandar rascándolo con las uñas. Pero en vano. El suelo estaba hecho de piedra, y debía de tener varios centímetros de grosor.

—¡Ay! —exclamó la niña al golpearse la cabeza con un cubo metálico.

Y entonces sus manos encontraron una pila de carbón que alguien había dejado en un rincón. Se sentía derrotada. No podía hacer nada, a no ser intentar descansar. Apiló los trozos de carbón con las manos para hacer algo parecido a una almohada. Se acostó y empezó a llorar flojito hasta que se durmió.

En el preciso instante en que cerró los ojos, oyó un ruidito. Era como si alguien o algo se moviera de acá para allá al otro lado de la pared. Había oído ese mismo sonido en otras ocasiones, mientras intentaba dormir en su habitación. En aquellos tiempos, cuando sus padres aún vivían, a veces Stella se asustaba tanto que se iba corriendo a su habitación, donde papá y mamá la recibían con un gran abrazo y le hacían un hueco bajo las mantas. Luego le acariciaban el pelo y le daban besitos en la frente. Su padre le decía que esos ruidos no eran más que un ratoncito correteando por la casa, o el traqueteo de las viejas cañerías.

Stella deseó con todas sus fuerzas poder irse corriendo a la habitación de sus padres. En ese instante habría dado lo que fuera, todo su futuro y todo su pasado, por un último abrazo en familia.

El ruidito sonaba cada vez más nítido. Quienquiera o lo que quiera que fuese, estaba al otro lado de la pared, pero se iba acercando. Sonaba demasiado pesado para ser un ratón, y no había cañerías de agua caliente ni nada parecido en el sótano. Stella no se atrevía a respirar siquiera. Pensó que, si estaba muy quieta y callada, tal vez aquella cosa, fuera lo que fuese, pasaría de largo. Sin embargo, el corazón le latía como si fuera a salírsele del pecho.

¡BUM-BUM, BUM-BUM!

Acabaría delatándola.

¡BUM-BUM, BUM-BUM!

En el silencio del sótano, sus latidos resonaban como truenos.

¡BUM-BUM, BUM-BUM!

Stella contuvo la respiración. Entonces, de pronto, oyó una voz en medio de la oscuridad. Una voz de niño que decía:

—Socorro...

La niña chilló, aterrada.

12

Finústica

—¡¡¡¡¡¡AAAAAAAAAA AAAAAAAAAAAAAHHHHHH HHHHHHHHHHHHHHHH!!!!!!

—¡Demonios, para de gritar! —dijo la voz.

Pero lo único que consiguió fue que Stella se desgañitara todavía más.

—¡¡¡¡¡¡AAAAAAAAAAA AAAAAAAAAAAAAA HHHHHHHHHHHHHHHHH HHHHHHHH!!!!!!

—¡Diantres, cierra el pico de una vez!

Era la voz de un chico, sin duda. Pero, por su acento y su forma de hablar, estaba claro que no era de buena familia como Stella.

El sótano estaba completamente a oscuras, y la niña no tenía ni idea de con quién hablaba.

—¿Quién eres? —preguntó Stella.

—Te lo diré, pero tienes que prometerme que no te pondrás a chillar como una loca —contestó la voz.

—De-de acuerdo.

—¿Me lo prometes?

—Sí —replicó Stella, un poco más segura.

—¿Lista?

—Sí.

—¿Seguro que no te pondrás a chillar?

—¡QUE NO!

La niña estaba empezando a mosquearse.

La voz hizo una pausa.

—Venga, desembucha de una vez —dijo.

—Bueno, allá va. Verás, soy... un fantasma.

—¡¡¡AAAAAAAAAAAA
AAAAAAAAAAAAAAAAA
AAAAAAAAAAAAAAAAA
AAAAAAAAAAAAAAAAA
AAAAAAAAAAAAAAAAA

HHHHHHHHHHHHHHHHH
HHHHHHHHHHHHHHHHHH
HHHHHHHHHHHHHHHHHH
HHHHHHHHHHHHHHHHHHH
HHHHHHHH!!! —chilló Stella.

El fantasma montó en cólera.

—¡Me has prometido que no chillarías!

—¡Eso fue antes de saber que eres un fantasma! —protestó la niña.

—Bueno, ¿y qué querías que hiciera, que te tocara la lira?

—¿Cómo dices?

—¡Que te contara una mentira! ¡No me digas que no sabes hablar con palabras que riman!

—Ah, sí. Ya te entiendo —dijo Stella al fin.

—¿Qué querías que hiciera, a ver? ¿Que te dijera que soy papá Noel o algo así?

—No, pero... —vaciló la niña.

—¿Pero qué?

—No puedes ser un fantasma. ¡Los fantasmas no existen! Me lo han dicho mis papis.

—¿De veras? —replicó la voz con tono altanero—. ¡«Mis papis»! —repitió, burlándose de Stella—. ¡Serás cursi! Bueno, y si los fantasmas no existen, ¿por qué te has puesto a chillar?

Stella se quedó callada unos instantes. Por más que lo intentara, no se le ocurría ninguna respuesta.

—¡Puede que haya chillado solo porque me apetecía! —dijo al fin.

—¡Y voy yo y me lo creo!

—Esto está muy oscuro. No te veo. ¡No veo nada! Si de verdad eres un fantasma, ¡demuéstralo!

Stella estaba segura de que lo había pillado.

—¡Muy bien! —contestó la voz con mucho aplomo—. Quítame esos trozos de carbón de en medio.

—¡¿Quién, yo?! —preguntó la niña, sin

dar crédito a sus oídos. Pese a no tener ni un penique, Stella se había criado entre algodones, como la señorita de buena familia que era, y no estaba acostumbrada a que le dieran órdenes, y mucho menos a apartar trozos de carbón con sus propias manos. Y no digamos ya que le hablara con tanto descaro alguien que evidentemente había nacido para servir a los demás, alguien que la señorita Beresford, toda una dama de la alta sociedad, no habría dudado en calificar de «perfecto patán»,* y eso siendo benévola.

—**¡Sí, tú!** —replicó el fantasma. Tenía muy claro que no iba a dejarse mangonear por aquella señoritinga, pero la niña no parecía dispuesta a rendirse.

—¿Y por qué no lo haces tú mismo? —preguntó Stella, desafiante.

A juzgar por el acento barriobajero del fantasma, estaba segura de que remover carbón en un sótano era una tarea mucho más propia de él que de ella. Sospechaba incluso que, en el fondo, hasta le gustaba hacerlo. Para él debía de ser un placer, un honor; quizá incluso una forma de recompensa. A lo mejor, si fuera su cumpleaños y le dejaran remover carbón, se pondría más contento que unas pascuas.

—Estoy atrapado al otro lado de la pila de carbón y no tengo sitio para moverlo.

* Un cernícalo, un mastuerzo, un destripaterrones.

—Ya, pero eres un fantasma, ¿no?

—**¡Que sí, no te fastidia!**

—¿Y por qué no atraviesas la pila de carbón?

—Porque los fantasmas de verdad no hacemos eso.

Todo lo que Stella sabía de los fantasmas lo había aprendido de las fantasiosas historias que leía, y se llevó un buen chasco al descubrir que los fantasmas de verdad no podían atravesar objetos sólidos. Sobre todo porque eso quería decir que tenía que mover aquella pila de carbón ella sola.

—Lo siento, no tenía ni idea —dijo.

Sin embargo, se quedó allí quieta como un pasmarote, con la esperanza de que, antes o después, aquel «patán» se pusiera manos a la obra. Pero no tardaría en descubrir lo equivocada que estaba.

—¡Vamos, dale brío! —rezongó el fantasma—. ¡Cuanto antes empieces, antes acabarás!

Con un suspiro, Stella se agachó y buscó a tientas la pila de carbón en el suelo de piedra del sótano. A regañadientes, empezó a apartar los trozos de carbón. No era tarea fácil, y, cuando se detuvo un momento para recuperar el aliento, el fantasma le gritó con malos modos:

—¡Venga, espabila!

—¡Hago lo que puedo! —protestó Stella—. Lo siento, pero no suelo remover carbón.

El fantasma soltó una carcajada.

—¡No, ya lo creo! ¡Con lo finústica que eres!

—¿Qué? Quiero decir, ¿perdona?

—¡Finústica! —El fantasma parecía deleitarse con la palabra, y empezó a repetirla una y otra vez para provocar a Stella—. ¡FINÚSTICA, FINÚSTICA, FINÚSTICA!

Todo aquello era muy infantil, pero ¿qué otra cosa cabía esperar? Al fin y al cabo, era un niño. Bueno, el fantasma de un niño.

—¡Yo no soy «finústica», para nada! —exclamó la niña, muy ofendida.

—Nooo, claro que no.

—Gracias.

—¡Venga, Finústica, manos a la obra! ¡Échale ganas! ¡Ja, ja, ja!

Sé que ahora mismo debéis de estar pensando: «¿Por qué no hay una sola ilustración en este capítulo? Los dibujos son lo mejor del libro». Bueno, eso es porque las últimas páginas transcurren en una oscuridad total. Por si os sentís estafados, he aquí algunas ilustraciones hechas especialmente para vosotros:

Lady Stella Saxby

Carbonera del sótano

Pila de carbón

13

Un resplandor con forma de chico

Stella se dio cuenta de que no serviría de nada discutir con el fantasma. Soltó un suspiro de resignación y siguió a lo suyo. Hurgando a tientas en la oscuridad, fue apartando los trozos de carbón.

Al cabo de un rato, vislumbró un resplandor. Al principio no sabía de qué se trataba, pero pasados unos instantes distinguió un par de pies. Un par de pies mugrientos que, por algún motivo, iluminaban el sótano. Ahora que veía lo que estaba haciendo, la niña avanzó más deprisa. Pronto había apilado todo el carbón un poco más allá y tenía ante sí un resplandor con forma de chico.

El desconocido llevaba pantalones cortos, camisa y gorra con visera, y también una escoba echada al hombro. Estaba claro que había sido deshollinador, o sea, que se había ganado la vida trepando por las chimeneas de las casas para barrer el hollín o polvo de carbón que se iba acumulando en su interior. Ahora, al parecer, había cambiado ese oficio por el de fantasma a tiempo completo.

—¡Ya iba siendo hora! —dijo con una sonrisa descarada.

Stella no podía creer lo que veían sus ojos. Ahora sabía que esos ruidos que solía oír a medianoche no eran imaginaciones suyas, sino obra de un fantasma. Saxby Hall estaba realmente encantada, allí estaba la prueba viviente. Bueno, más bien muriente.

—Eres bastante bajito para ser un fantasma —caviló Stella.

—Vaya, lo que me faltaba... Llevo aquí escondido tubos y caños...

—¿Cómo dices? —La niña parecía confusa.

—Años y años.

—Ah.

—Me escondía porque no quería asustar a nadie, ¡y la primera a la que me aparezco me llama retaco!

—Lo siento —replicó Stella, pero no lo decía de corazón.

—Ahora ya está dicho. Verás, te he oído llorar y me he puesto triste. He pensado que a lo mejor podría ayudarte.

—En realidad no estaba llorando. Es que me había entrado una cosa en el ojo —dijo la niña, haciéndose la fuerte—. Pero eres muy amable. Me gustaría que fuéramos amigos. —Stella tendió la mano despacio—. Me llamo lady Stella Saxby de Saxby Hall.

—¡Vaya por Dios! ¡Toda una lady, nada menos! —El fantasma parecía pasárselo en grande, y empezó a imitar el acento de la niña—. ¡Encantadísimo de la vida, lady Finústica de la rama de los Finústicos de Finustilandia!

Luego se quitó la gorra y se inclinó ante ella una y otra vez, cargando tanto las tintas que era evidente que solo fingía estar impresionado.

Stella observaba la escena con una media sonrisa.

—¿Y tú cómo te llamas, si puede saberse?

—Hollín.

—No, me refiero a tu nombre de pila, no a lo que barres de las chimeneas.

—Ya lo sé. Me llamo Hollín.

—¿Hollín? ¿Ese es tu nombre?

—Pues sí.

La niña no pudo evitar reírse.

—¡Eso no es un nombre de verdad! ¡No puedes llamarte Hollín!

El fantasma no parecía muy contento, que digamos.

—¡Adelante, no te reprimas, milady!

—¡No lo hago! —replicó ella, y estalló en carcajadas—. ¡Ja, ja, ja!

Hollín se quedó allí de brazos cruzados, esperando a que la joven y descortés dama dejara de reírse.

—¿Has acabado ya?

—¡Sí! —replicó Stella, secándose las lágrimas—. Por favor, cuéntame cómo es posible que alguien se llame... —La niña se esforzaba para que no se le escapara la risa otra vez—. ¡Hollín, nada menos!

—No es culpa mía. Nadie me puso nombre. Me abandonaron siendo un bebé, y crecí en un asilo para pobres. No llegué a conocer a mis pa-

dres. El viejo que mandaba en el asilo solía pegarnos a mí y a los demás chicos con el cinturón.

—¡No!

—Sí, aunque no hubiésemos hecho nada malo. Así que un día me escapé del asilo. No era más que un niño, y en la calle me junté con una pandilla de granujas. Ellos me dijeron que podía conseguir comida y alojamiento si trabajaba como deshollinador, y eso fue lo que hice. Un día bajé de la chimenea cubierto de polvo negro de la cabeza a los pies, y mi jefe empezó a llamarme Hollín.

Stella se sentía fatal por haberse reído de él. La vida de aquel pobre muchacho no podía haber sido más distinta de la suya. Stella nunca había estado en un asilo para pobres, y temblaba solo de pensar en lo terrible que debía de haber sido. Y no digamos ya lo de limpiar las chimeneas por dentro, porque le resultaba imposible imaginárselo.

—Cuánto lo siento —dijo—. No era mi intención reírme de ti. Lo que pasa es que nunca había conocido a nadie que se llamara Hollín.

—No pasa nada, milady.

Stella quería preguntarle una cosa, pero no estaba muy segura de cómo se lo tomaría.

—Esto... hummm... Espero que no te importe que te haga una pregunta...

—¡Desembucha de una vez!

—¿Cómo te convertiste en... ya sabes... en un fantasma?

Hollín se la quedó mirando fijamente y negó con la cabeza. Saltaba a la vista que le parecía una pregunta de lo más tonta.

—Bueno, por lo general, hay que morirse primero.

—Sí, eso ya lo sé —replicó la niña—. Lo que quisiera saber es... ¿cómo te... hummm...?

—¿Que cómo la espiché?

—¿Espi... qué?

—Espicharla, estirar la pata, pasar a mejor vida...

—¡Ah, morir! —dedujo la niña.

—¡Eso es! —Stella y el fantasma intercambiaron una sonrisa—. Bueno, milady, puede que no me creas, pero ocurrió entre estas mismas paredes...

14

Mocos de fantasma

En la oscuridad del sótano, Stella escuchaba en silencio la **terrorífica** historia de la vida de Hollín.

—Todo sucedió hace mucho tiempo —dijo el fantasma—. Yo era tan canijo que mi jefe creía que podía trepar por cualquier chimenea, por pequeña que fuera. Él sabía que esta casa tenía un laberinto de chimeneas y pequeños conductos, así que yo era el chaval perfecto para limpiarlos. Lo más curioso de todo es que tuve una sensación rara nada más entrar por la puerta...

Hollín parecía absorto en sus pensamientos. La luz que despedía su cuerpo proyectaba sombras en los muros del sótano, sombras que parecían bailar mientras él hablaba, y hacían que su historia cobrara vida, como las ilustraciones que acompañan un libro.

—¿A qué te refieres? —preguntó Stella, intrigada.

El fantasma reflexionó unos instantes.

—No sé, era como si hubiese estado aquí antes. Pero eso era imposible, ¿no crees?

Stella se esforzó por encontrar una respuesta. Puesto que lo habían abandonado siendo un bebé y se había criado en un asilo de pobres, era poco probable que hubiese puesto un pie antes en una mansión como aquella.

—Sí, yo también lo creo —respondió la niña.

—Supongo que tienes razón, milady. Pero, aun así, fue una sensación extraña. Y allí estaba yo, trepando por la chimenea como me había ordenado el jefe, dale que te pego con mi sopa boba...

—¿Con tu escoba, quieres decir?

—Sí, eso es. Mi jefe había salido a fumar un pitillo, ¡y de repente me di cuenta de que se me estaba poniendo el culo como el de un mandril!

—¿Un mandril? —preguntó la niña.

—Sí, que se me estaba poniendo al rojo vivo. Y entonces miro hacia abajo y veo que alguien ha encendido la chimenea.

—¡Oh, no! —exclamó Stella, compadeciéndose del chico—. ¿Quién pudo haber hecho algo así?

—Ni idea. Nunca llegué a verle la cara. Pedí ayuda a gritos, pero no vino nadie. Supongo que no sabían que yo estaba allí arriba. Antes de lo que canta un gallo empezó a subir mucho humo. El hollín taponaba la chimenea, así que no podía trepar hacia arriba. Estaba atrapado. Había llegado mi hora.

—Debió de ser terrible...

La niña estaba imaginando toda la escena. De los cientos de modos de morir que existían, aquel le parecía especialmente espantoso: verse atrapado en un espacio diminuto y envuelto en una densa humareda negra. Dos lágrimas asomaron a sus ojos y resbalaron por las mejillas formando dos regueros blancos en su cara ennegrecida por el carbón.

—Estás llorando otra vez, milady. No me gusta ver llorar a una chica guapa como tú.

Pero sus palabras solo sirvieron para que Stella llorara más todavía. Lloraba por Hollín, por sus padres y también por sí misma.

—Así que eso fue lo que me pasó, milady —concluyó Hollín.

La pequeña se secó los ojos con el camisón y respiró hondo para intentar tranquilizarse.

—¿Y por qué te has quedado aquí, en Saxby Hall?

—¿Adónde iba a ir? —respondió el fantasma—. No tenía un hogar al que volver. Por no tener, no tenía ni nombre, de modo que tampoco podía buscar a mi familia en ese lugar entre las nubes al que dicen que vas cuando te mueres, así que aquí me quedé. Subiendo y bajando por las chimeneas toda la noche.

—¡Ya decía yo que la casa estaba encantada! —exclamó la niña—. Pero mis padres no me creían.

Hollín sonrió.

—Bueno, es que los mayores no pueden ver a los fantasmas.

—Ah, ¿no? —preguntó Stella, curiosa.

—Qué va. Cuando te haces mayor dejas de creer en la magia y todo eso, y ya no eres capaz de ver nada que no esté realmente delante de tus narices. Para eso hay que tener la mente abierta, como la de un niño. ¿Cuántos años tienes, milady?

—Casi trece.

Stella estaba muy orgullosa de su edad y, como casi todos los niños, deseaba hacerse mayor cuanto antes. A veces, imaginaba que tenía dieciséis años, o dieciocho, o incluso veintiuno. Fantaseaba con todas las cosas que haría cuando fuera mayor: conducir un coche, tomar una copa de champán, quedarse despierta hasta el amanecer...

—Mecachis en la mar salada... —dijo Hollín, meneando la cabeza.

—¿Qué pasa?

—¿Cuándo es tu cumpleaños, milady? Necesito saber la fecha exacta.

—Nací el día de Nochebuena. ¿Qué día es hoy?

A raíz del accidente y del coma, la niña había perdido la noción del tiempo, lo que no era de extrañar.

—Juraría que estamos a 21 de diciembre, así que solo faltan tres días para tu cumpleaños.

—Pero eso es bueno, ¿no? —preguntó la niña.

—No, milady. Ahora mismo puedes verme porque sigues siendo una niña, pero cuando cumplas trece años todo eso cambiará.

—¡No te creo! —replicó Stella.

—¿Lo ves? —le dijo el fantasma—. ¡Aún no has cumplido los trece y ya empiezas a decir que no crees en algo!

—Pe-pero...

—Perdona... —dijo Hollín, y entonces se metió un dedo en una de las fosas nasales y por la otra sacó el aire con fuerza.

Una bola de moco resplandeciente aterrizó en el suelo. Stella había recibido una educación de lo más refinada. Había aprendido a usar los cubiertos adecuados, a pedir permiso para levantarse de la mesa y a sonarse la nariz con un pañuelo de encaje. Nunca había visto semejante grosería.

—¿Te importaría no hacer eso? —dijo, bastante ofendida.

—¡No te pongas nerviosa, milady, solo es un poco de moco de fantasma!

Ni corto ni perezoso, Hollín cambió de fosa nasal y lanzó otra bola de mocos al suelo.

—¡Qué asco! —protestó Stella—. ¿No tienes un pañuelo?

—¿Cómo dices?

—¡Salta a la vista que no! ¡Y ahora hay mocos de fantasma por todo el suelo, y yo voy descalza!

Hollín la miraba fijamente.

—Oye, milady, ha sido un placer conocerte y todo eso, pero no creo que tú y yo vayamos a ser grandes amigos. Los chicos con los que me crié en el asilo no eran tan tiquismiquis, ni se ponían así por unos moquitos de nada.

—¡¿Moquitos de nada?! —protestó Stella.

—¡Tendrías que haber visto cómo estaba este suelo en otros tiempos!

—¡No quiero ni pensarlo!

—Una vez, un chico se bajó los pantalones y sacó un enorme...

—¡No quiero saberlo, gracias! —replicó Stella, interrumpiendo al chico.

Hollín se la quedó mirando. Había un abismo entre ambos que de pronto parecía insalvable.

—Será mejor que nos despidamos —dijo Hollín.

Luego se dio media vuelta y empezó a subir por el conducto de la carbonera.

—¡Espera! —suplicó la niña—. ¡Por favor!

—¿Qué pasa ahora, milady? —preguntó Hollín con un suspiro.

—Necesito que me ayudes.

15

El detective fantasma

Trepar por el conducto de descarga del carbón no era algo que Stella se hubiese imaginado haciendo. Sin embargo, en ese momento eso era justo lo que hacía la nueva lady Saxby: seguir al limpiachimeneas por un conducto que los sacaría del sótano. Hollín iba alumbrando el camino con su resplandor fantasmagórico, señalando los ladrillos que sobresalían aquí y allá para que la niña los usara como asideros. El fantasma conocía como la palma de su mano la infinita red de conductos de Saxby Hall. Aquel solía usarse para bajar los sacos de carbón hasta el sótano, donde se guardaban para encender todas las chimeneas de la casa. Al final del largo conducto había una pequeña trampilla en la pared que daba a la cocina.

Trepar por el conducto de la carbonera era agotador, sobre todo para la joven Stella, que estaba cansada y hambrienta. Justo cuando empezaba a avanzar a buen ritmo, sus dedos resbalaron al intentar sujetarse a un trozo de ladrillo húmedo.

—¡Aaayyy! —gritó la niña al caer por el hueco entre una lluvia de escombros.

Stella rebotó contra las paredes del conducto hasta que finalmente consiguió detener la caída agarrándose con una sola mano a un pequeñísimo trozo de ladrillo que sobresalía.

—¡No mires hacia abajo, milady! —gritó Hollín desde arriba.

Stella no puedo evitarlo. Miró hacia abajo y comprobó que seguía estando muy arriba. Si volvía a resbalar caería como un plomo y se rompería las dos piernas, seguro.

—¡No puedo hacerlo! —gritó, desesperada.

—Sí que puedes, milady. No mires hacia abajo.

—¡No lo hago! —protestó.

—Busca otro trozo de ladrillo al que sujetarte. Lo tienes justo a tu izquierda.

—Voy a caer.

—No vas a caer —le aseguró el fantasma—. Busca ese trozo de ladrillo con la mano. ¿Lo encuentras?

La niña alargó la mano libre hacia arriba.

—Sí, eso creo.

—Ahora impúlsate hacia arriba.

—No puedo, me falta fuerza.

—Sí que puedes, milady. Lo sé. No querrás pasarte el resto de la vida pudriéndote en ese sótano, ¿verdad?

—No —farfulló la niña. Se sentía como cuando la regañaban. Respiró hondo y trepó hacia arriba.

—¿Ves como sí que puedes? —exclamó Hollín.

Paso a paso, el fantasma la guió en su ascenso.

Cada vez que miraba hacia arriba, Stella veía más cerca el rectángulo de luz sobre el que se recortaba la cabeza de Hollín. Poco a poco, se las arregló para trepar hasta lo alto del conducto y salió a trompicones por la trampilla de la pared. Todavía con el susto en el cuerpo, agotada, la niña se desplomó en el frío suelo de la cocina.

Algunos de los recuerdos más felices de Stella transcurrían en esa parte de la casa. Al haberse criado entre sirvientes, su madre nunca había aprendido a cocinar, pero, cuando se vieron obligados a despedir al servicio porque Alberta había despilfarrado toda la fortuna familiar, no le había quedado más remedio que intentarlo. Como cocinera, lady Saxby era un auténtico desastre. Lo que se dice una nulidad. Sin embargo, todos esos pasteles que nunca subían, o las gelatinas que nunca cuajaban, o los crepes que lanzaba al aire para darles la vuelta y que se quedaban pegados al techo, llevaban el más importante de todos los ingredientes: amor. La joven Stella solía ayudar a su madre en la cocina. Juntas preparaban *scones* para su padre, que los adoraba.

Nada más salir del horno, los *scones* parecían pequeñas gárgolas, pero después de que los cubrieran con grandes cucharadas de nata montada y mermelada de frambuesa, estaban sencillamente deliciosos. Cuando sus padres vivían, la cocina era un lugar rebosante de alegría. Pero ahora, al igual que el resto de la casa, se veía abandonada y desierta.

Hollín se sentó en el suelo, junto a Stella, y ella le contó cómo había acabado encerrada en la carbonera del sótano. Le habló del terrible accidente de tráfico que les había costado la vida a sus padres, un accidente del que no recordaba nada en absoluto, y le dijo que había pasado meses en coma; también le contó que su tía Alberta intentaba retenerla en la casa, que la malvada mujer buscaba desesperadamente la escritura de la casa para obligarla a cederle la propiedad; que temía por su vida si lo hacía, pues no quería ni imaginar qué cruel destino le tenía reservado su tía; que había intentado huir hasta la aldea más cercana, pero el búho gigante la había atrapado y la había llevado de vuelta; que tenía que haber algo más detrás del trágico «accidente» que había matado a sus padres; que todos los indicios apuntaban a su tía Alberta como principal sospechosa.

Hollín escuchó atentamente todo lo que dijo la niña, y luego reflexionó unos instantes.

—Aquí huele a chamusquina, milady —dijo—, pero si quieres ver a la vieja bruja entre rejas, necesitarás pruebas.

—Sí, supongo que sí —respondió la niña—. ¡Juguemos a detectives, como hacen los personajes de mis libros preferidos!

Solo de pensarlo, fue como si una descarga eléctrica sacudiera su cuerpo, y Stella se levantó de un brinco.

—¡Detectives de verdad!

Hollín también parecía entusiasmado con la idea.

—Si buscamos juntos, seguro que encontramos algunas pistas. ¿Por dónde te parece que deberíamos empezar?

El fantasma se lo pensó un momento.

—¡Por el garaje! ¡Tenemos que averiguar qué le pasó al coche!

—¡Pues vamos allá, detective Hollín!

—¡A sus órdenes, detective milady!

16

Un regusto amargo

¡Cuál no sería el asombro de Stella cuando vio el imponente Rolls Royce familiar aparcado en el garaje! Eso sí, de imponente le quedaba poco. Se había convertido en un montón de chatarra y cristales rotos. El parabrisas estaba hecho añicos y el capó había quedado totalmente abollado.

La estatuilla plateada de una joven con alas que se alzaba orgullosamente sobre el motor de todos los Rolls Royce se había ladeado. En los meses que habían pasado desde el accidente, una gruesa capa de polvo se había depositado sobre el coche. Había incluso una telaraña en una de las ventanillas rotas.

Stella se puso a llorar como una magdalena al ver el coche en semejante estado, porque solo en ese instante comprendió que todo aquello era real. Había habido un terrible accidente y, a juzgar por cómo había quedado el coche, tenía muchísima suerte de seguir con vida. Cualquiera que hubiese ido en uno de los asientos delanteros habría muerto al instante.

—Lo siento mucho, milady —susurró Hollín. Entonces vio un harapo aceitoso en el suelo y se agachó para recogerlo—. Ten, sécate las lágrimas con esto. Ya sé que no es como tus pañuelos de encaje, pero no tengo nada mejor a mano.

La amabilidad del chico conmovió a Stella, que cogió el harapo con una sonrisa.

—Puede que me equivocara al dudar de mi tía. Seguramente me dijo la verdad sobre el accidente —dijo, sorbiéndose la nariz y secándose la cara toda tiznada por la mezcla de lágrimas, carbón y hollín.

—Pero ¿por qué iba a encerrarte la vieja arpía en la carbonera si no tuviera nada que ocultar?

—Ha dicho que lo hacía por mi propio bien —razonó Stella—. Para que no volviera a intentar huir en plena noche.

El fantasma negó con la cabeza.

—Yo sigo pensando que aquí hay gato encerrado, milady. A ver, piensa. ¿Recuerdas algo del accidente? —preguntó—. ¿Lo que sea?

La niña rebuscó en su memoria.

—Todos mis recuerdos son borrosos.

—¿No recuerdas nada en absoluto? —insistió Hollín—. No tiene por qué ser algo importante. Un simple detalle podría darnos la pista clave para resolver el caso.

El fantasma empezaba a hablar como un verdadero detective.

Stella se lo pensó unos instantes, y luego trató de recordar una por una todas las cosas que habían pasado ese día.

—Mis padres y yo íbamos a ir a Londres. Mi padre había vuelto a quedar con el gerente del banco. Verás, por culpa de mí tía teníamos muchas deudas, y mi padre es... —La niña se interrumpió, y Hollín le sonrió para darle ánimos—. Quiero decir que mi padre era tan listo y encantador que siempre se las ingeniaba para convencer al gerente para que no nos echara de Saxby Hall. Y mi madre sabía que yo quería ir a ver el palacio de Buckingham, donde vive el rey. No teníamos dinero para pagar la visita, pero me contentaba con verlo por fuera. Quería tanto a mi madre que me daba igual lo que hiciéramos, con tal de que estuviéramos juntas, cogiditas del brazo.

—Tu vieja debía de ser una señora muy especial —dijo Hollín con un hilo de voz.

Por unos instantes se quedaron mudos los dos en el garaje mientras el viento aullaba y la nieve caía con fuerza.

—Sí que lo era —dijo Stella al cabo de un rato. Nunca habría pensado que alguien pudiera referirse a la antigua lady Saxby como «tu vieja», pero sabía que Hollín no lo hacía con mala intención.

—¿Y tu tía?, ¿no iba con vosotros? —preguntó el chico.

Stella negó con la cabeza.

—Mi padre le preguntó si quería venir, pero ella le dijo que no. A veces pedía que la llevaran a Londres para comprar juguetes que su mascota destrozaba en un abrir y cerrar de ojos, pero ese día no quiso acompañarnos.

—¡Ese pajarraco me pone los pelos de punta! —exclamó Hollín—. Me ha dado más de un disgusto a lo largo de los años. Me ha perseguido por las chimeneas unas cuantas veces.

—Dicen que los animales presienten a los fantasmas —dijo Stella.

—Más que eso, milady. Me ve perfectamente. Todos los animales lo hacen. ¿Y por qué no quiso acompañaros tu tía?

—Ah, sí. Ese día Alberta tenía muy claro que quería quedarse en casa.

—Interesante. Es muy interesante. —El fantasma se frotaba la barbilla, muy

metido en su papel de sabueso—. ¿Y no recuerdas ningún detalle del accidente?

—No —contestó la niña—. Nada de nada. Lo último que recuerdo es que no me encontraba bien. Luego me desmayé en el asiento trasero del Rolls.

El fantasma caminaba de aquí para allá en el garaje, pero al oírla detuvo sus pasos. Allí podría haber una pista importante.

—¿No te encontrabas bien, milady?

—No, como si estuviera enferma. Y aunque hacía frío no paraba de sudar.

—Sigue, sigue.

—Cuando ya estábamos entrando en la ciudad, apenas podía tener los ojos abiertos. Supongo que los había cerrado del todo cuando el Rolls chocó.

—¿Y qué hay de tus padres?

Los recuerdos se atropellaban en la mente de la niña, como si acudieran de golpe a su memoria.

—Mamá me dijo que ella tampoco se encontraba bien, pero sabía que la reunión de mi padre en el banco era muy importante. Tenía que salvar Saxby

Hall como fuera y no quería que él diera media vuelta por su culpa.

Hollín estaba convencido de que habían dado con algo importante.

—¿Y tu padre?

—No lo sé —respondió la niña con un suspiro—. Si no se sentía bien, no lo dijo. Pero así era mi padre. Nunca se quejaba por nada.

El fantasma caminó de acá para allá otra vez, tratando de encajar todas las piezas del rompecabezas.

—Si tu viejo también se encontraba mal, eso podría explicar el accidente.

—Lo sé —dijo la niña—. Yo luchaba por no perder el conocimiento en el asiento de atrás.

—¿Qué puede hacer que uno se ponga tan enfermo de repente? —preguntó Hollín, casi para sus adentros—. ¿Recuerdas si había algún olor extraño en el coche?

—¿Un olor extraño? ¿Como a qué?

—Ni idea. ¿Humo de tubo de escape, quizá? Eso podría explicar los síntomas.

—No —dijo la niña, segura de sí—. El coche estaba en perfectas condiciones. Era el gran orgullo de mi padre, que se encargaba de tenerlo siempre a punto. El motor iba como una seda.

—Si no era el coche —murmuró el fantasma—, debía de ser otra cosa. ¿Esa mañana desayunasteis algo especial?

—No. Mi madre había hecho huevos pasados por agua con tostadas, como siempre. —De pronto, Stella recordó algo—. Pero...

—¿Qué? —preguntó el fantasma, impaciente.

—Bueno, esa mañana fue la tía Alberta quien preparó el té para todos.

—¿Fue ella quien preparó el té?

—Sí. Y era algo que no hacía nunca. Jamás se ofrecía para echar una mano, por eso me acuerdo. Y también recuerdo haberle dicho a mi madre que el té sabía raro...

—¿Raro?

—Sí, tenía un sabor extraño. Pero mi madre me dijo que me lo tomara para no ofender a Alberta. No podía tragarlo, así que cuando nadie miraba vacié la taza en una maceta.

—¿A qué sabía, milady? —preguntó Hollín.

Stella se esforzaba por recordarlo.

—Solo le di un sorbo. Tenía un regusto amargo, creo. Le eché leche y azúcar, pero seguía teniendo mal sabor.

—¿Y tu tía no tomó té?

—No, no. No lo probó. —Stella estaba segura de ello—. La tía Alberta se sirvió una taza, pero no llegó a tocarla.

—¿A tus padres también les pareció que el té sabía raro?

—Eran demasiado educados para decirlo delante de la tía Alberta —contestó Stella—, pero me di cuenta de que hacían muecas al beberlo. —De repente, una idea cruzó su mente como el destello de un relámpago—: Alberta debió de echarle...

Los chicos intercambiaron una mirada y exclamaron al unísono:

—¡VENENO!

17

Dulces y más dulces

¡PUUUM!

La puerta del garaje se abrió con estruendo.

—¡AAAHHH! —gritó Stella, y contuvo la respiración.

¿Habría alguien o algo allá fuera?

En el exterior, la tormenta no daba tregua. Un re-molino de nieve entró de pronto en el garaje. Stella corrió a cerrar la puerta y tuvo que emplear todas sus fuerzas para vencer la fuerza del viento. Hollín la

siguió, y juntos consiguieron cerrar las dos hojas de la gran puerta.

—Esta noche nada de intentar escapar, milady —advirtió el fantasma—. Tendrás que esperar a que pase la tormenta, y de momento no parece que vaya a amainar.

El pánico se apoderó de la niña.

—Pero no me atrevo a quedarme aquí ni un segundo más. ¡Mi tía intentó envenenarnos a todos, quién sabe qué más puede estar tramando! ¡Tengo que llamar a la policía!

—¿No crees que primero debemos reunir unas cuantas pruebas? —sugirió Hollín.

Pero Stella estaba aterrada.

—¡No! ¡Tengo que llamar ahora mismo! —exclamó la niña—. Pero es muy peligroso.

—¿Por qué?

—Solo hay dos teléfonos en la casa. Uno está en la habitación de Alberta, pero siempre la cierra con llave. El otro está en el estudio de mi padre, y, como mi tía cree que él escondió la escritura de Saxby Hall, se pasa el día entero encerrada allí dentro, poniéndolo todo del revés.

Hollín reflexionó unos instantes.

—A lo mejor puedo distraerla.

—¿Cómo?

—No sé, ¿tirando unos platos al aire? A los fantasmas nos encanta montar el numerito, y por lo general no falla.

—¿Y si te cogen? —preguntó Stella. Hacía poco que conocía al pequeño limpiachimeneas, pero ya le tenía mucho cariño.

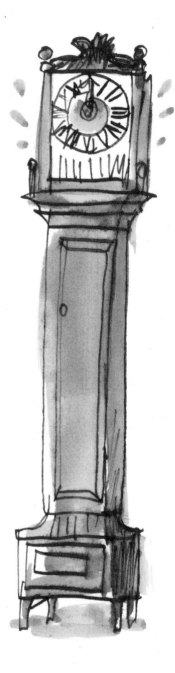

—La tía Alberta es una mujer adulta, así que no podrá verme, ¿a que no?

—Claro, es verdad —dijo la niña. Aún le costaba recordar todas las reglas del mundo de los fantasmas—. Pero ¿qué pasa con Wagner?

—Recemos para que esté durmiendo. ¡Menudo es ese bicharraco!

Stella y Hollín recorrieron el pasillo de puntillas. El reloj de pie casi los mata de un susto al dar las doce.

¡DONG!
¡DONG!
¡DONG!
¡DONG!

¡DONG! ¡DONG! ¡DONG! ¡DONG!
¡DONG! ¡DONG! ¡DONG! ¡DONG!

No tardaron en alcanzar la puerta del majestuoso comedor. Asomaron la cabeza y vieron a Alberta y a Wagner dándose un banquete a medianoche. Estaba claro que la mujer creía que su sobrina seguía encerrada en el sótano, donde la había dejado. ¿Cómo iba a sospechar que en realidad estaba a tan solo unos pasos de allí?

Alberta se había sentado en un extremo de la larguísima mesa del comedor, al otro lado de la cual se había encaramado el búho con una servilleta anudada al cuello. Un enorme candelabro con unas veinte velas iluminaba la habitación.

Sobre la mesa se apilaban los dulces, pues era lo único que comía Alberta. Jamás pedía un entrante ni un plato principal, sino que pasaba directamente al postre. Se daba un atracón de dulces para desayunar, almorzar y cenar, lo que explica que midiera tanto de ancho como de alto.

¡Había dulces y más dulces!

- Un *strudel* de manzana gigante, que llevaba al menos cien manzanas.

- Una gran pirámide de trufas de chocolate.

- Pepitos gigantes rellenos de crema.

- Un enorme pastel de chocolate recubierto con deliciosa crema.

- Profiteroles de nata apilados hasta el techo.

- Un *trifle* tan grande que se podría nadar en él.

- Donuts rellenos de mermelada.

- Un pastel Selva Negra irresistible. Solo con mirarlo, doblabas tu peso corporal.

- Una olla inmensa llena de dulce de leche recién hecho.
- Un búho de tamaño real hecho de mazapán.
- Un gran cubo rebosante de nata montada.
- Galletas de mantequilla con doble cobertura de chocolate.
- Una gelatina tan enorme que podría frenar la caída de un hipopótamo.

A Stella se le hizo la boca agua cuando vio todos aquellos manjares. La pobre niña llevaba días sin comer. Por un momento pensó que iba a desmayarse solo de oler aquello. La tía Alberta masticaba a dos carrillos, emitiendo sonidos de lo más desagradables...

«¡SLURP!»

... y eructando entre bocado y bocado.

«¡BURP!»

«BUUURPPP!»

«¡¡¡BUUUUUUUUU RRRRRRPPPPPP!!!»

Alberta habría ganado la medalla de bronce, la de plata e incluso la de oro en un campeonato de eructos.

Wagner iba picoteando de un bufet frío de criaturas del bosque muertas. Había ratones, ardillas, gorriones y hasta un tejón. Sus preferidos.

Mientras devoraba dulces, la mujer rebuscaba entre los papeles de una gran caja y los iba lanzando a su espalda con malos modos.

—¿Dónde estará esa dichosa escritura? —se preguntaba entre dientes mientras engullía enormes bocados de pastel Selva Negra.

—Vámonos, milady —susurró Hollín.

La niña se había quedado hipnotizada por la visión de los dulces.

Los dos amigos pasaron gateando por delante de la puerta abierta.

La habitación contigua era el estudio del padre de Stella, que solía tenerlo perfectamente ordenado. Era como el pequeño santuario de lord Saxby. Pero ahora había documentos, fotografías, cajas, carpetas y libros desperdigados por el suelo. El escritorio estaba patas arriba; el cristal de las vitrinas, hecho trizas, y alguien había destripado a navajazos el gran sillón de piel donde se sentaba el padre de Stella. Era como si hubiese estallado una bomba allí dentro. Saltaba a la vista que la tía Alberta había buscado la escritura POR TODAS PARTES.

El teléfono solía estar en el escritorio, pero después del saqueo no quedaba ni rastro de él. Stella buscó el enchufe y siguió el cable del teléfono hasta dar con el aparato, escondido bajo una enorme pila de papeles. Con el teléfono a salvo en su regazo, hizo señas a Hollín, que estaba montando guardia en el pasillo.

—¡Ya puedes empezar! —susurró.

—¿Qué? —replicó Hollín.

—¡Que ya puedes empezar! —insistió la niña, esta vez más alto.

El fantasma asintió y se fue para poner en marcha su estrategia de diversión. No era más que el típico truco del fantasma que tira platos en la cocina, pero Hollín esperaba que bastara para que Alberta fuera corriendo a ver qué pasaba y le diera así un poco de margen a Stella.

Puede que os interese saber que, entre los trucos preferidos por la Sociedad Británica de Poltergeists (SBP), se incluyen los siguientes:

- Llamar a la puerta y salir corriendo.

- Poner discos en el equipo de música y subir el volumen al máximo.

- Hacer volar los libros de la estantería.

- Arrastrar muebles voluminosos.

- Zarandear unas cadenas metálicas a medianoche.

- Poner dos sillas a bailar juntas.

- Hacer que la cubertería levite.

- Tirar de la cadena del váter mientras alguien lo está usando.

- Pasearse por la habitación cubierto con una sábana.

- Mover los objetos sin ton ni son. Por ejemplo, meter los calzoncillos de alguien en la nevera.

- Guardar una carcajada malvada en un frasco y luego hacer que resuene por toda la casa.

- Dibujar un culo en el espejo del baño y esperar a que se empañe para que todos lo vean.

Si os ha pasado alguna de estas cosas, es posible que vuestra casa esté encantada. O eso, o tenéis un hermano pequeño que es un trasto.

Stella oyó el estrépito de los platos que iban cayendo al suelo de la cocina, en la otra punta del pasillo. Segundos después, la voz de la tía Alberta resonó por toda la casa: «¡Wagner! ¡Wagner!», desde la habitación de al lado. Luego oyó el inconfundible sonido de la mujerona recorriendo el pasillo a grandes zancadas.

Era su oportunidad.

Tenía que aprovecharla.

En ese preciso instante.

Sin dudar ni un segundo.

18

Croc, croc, croc

Agachada en el estudio de su padre, Stella respiró hondo. Luego levantó el auricular del teléfono y se lo llevó al oído. Era tal el jaleo que llegaba desde la cocina que no estaba segura de que hubiese tono de llamada. Aun así, introdujo un dedo en el disco y lo giró. Pese al escándalo que había al fondo del pasillo, la niña se encogió de miedo al oír el ronroneo que emitía el disco del dial al regresar a su sitio. Mientras los platos se estrellaban en el suelo de la cocina, uno tras otro, giró el disco dos veces más y luego esperó con el corazón en un puño.

Finalmente, alguien contestó.

—¿Diga? —preguntó una voz muy aguda—. Central de emergencias. ¿Qué servicio solicita?

—¡Policía! —contestó Stella, tratando de hablar deprisa y en susurros.

—Lo siento, señorita, ¿le importaría repetirlo? Oigo mucho ruido de fondo.

—Sí, sí, perdón —dijo la niña, levantando un poco la voz—. Necesito hablar con la policía cuanto antes.

—¡La policía! Le paso.

Hubo una pausa, y entonces se oyó otra voz. Una voz mucho más grave, tan grave que más parecía un **gruñido**.

—La policía al habla. Comisaría de Little Saxby. ¿Qué delito desea denunciar, señorita?

—Se trata de... hummm... —Por algún motivo, le daba vergüenza decirlo.

—Adelante —la animó el policía.

—Se trata de un...

—¿De un qué? ¿Vamos, suéltelo de una vez!

—¡Un asesinato!

Por fin lo había dicho.

Al otro lado de la línea hubo un silencio, y luego la voz preguntó:

—¿Un asesinato?

—¡Eso es! —confirmó la niña—. ¡Bueno, dos, en realidad!

—¿Alguno más?

A Stella no le gustó ni un pelo el tono del hombre. Posiblemente creía que estaba hablando con uno de esos niños malcriados que se dedican a gastar bromas a la policía.

—Oiga, tiene usted que creerme —suplicó Stella—. Le hablo muy en serio. Sí, solo dos asesinatos. Bueno, «solo» dos no. Aunque solo sean dos siguen siendo muchos.

—O sea, ¿lo dejamos en dos?

—Sí.

—¿Solo dos asesinatos?

—Correcto, sí.

—¿Seguro que no hay ninguno más?

—No.

—Veamos, señorita, ¿sería tan amable de decirme quiénes son las víctimas, exactamente?

—Mamá y papá. Quiero decir, mis padres.

—¿Está usted segura?

—Sí.

—Interesante. ¿Y quién cree usted que cometió esos asesinatos?

Stella dudó un instante antes de contestar:

—Mi tía.

—Lo siento, no la he oído bien. Debe de haber interferencias en la línea, ¡porque he creído oírle decir «mi tía»!

Entonces Stella tuvo que apartarse el auricular del oído, porque se oyó un chisporroteo de lo más molesto al otro lado de la línea.

¡CROC, CROC, CROC!

—¿Le importaría repetírmelo, por favor? —dijo la voz.

—Lo ha oído usted bien. He dicho «mi tía».

—Lo siento, las líneas están muy mal.

¡CROC, CROC, CROC!

—¡Le digo que ha sido mi tía! —exclamó Stella, un poco más alto de la cuenta—. Se llama Alberta. Alberta Saxby.

Al otro lado de la línea, el policía parecía estar garabateando algo en un papel.

—Así que acusa usted a su tía. Y esa tal Alberta Saxby, ¿es señora o señorita?

—Señorita, creo.

—¿Señorita?

—Sí, señorita.

—Señorita Alberta Saxby. —Era evidente que el agente lo estaba apuntando todo—. No hace falta que le diga que una fuerte tormenta afecta a toda Inglaterra.

—Sí, lo sé —replicó Stella. Oía como la nieve golpeteaba la ventana del estudio mientras hablaban.

—Comprenderá entonces, señorita, que no podemos hacer nada hasta mañana por la mañana.

Stella tuvo miedo. A saber qué podría hacer la malvada tía Alberta hasta entonces.

—¿Seguro que no puede enviar a nadie esta noche, por favor? —suplicó.

—Imposible, señorita —respondió el agente con firmeza—. Pero puede estar usted segura de que, tratándose de un asesinato, perdón, quería decir un doble asesinato, le enviaremos a nuestro mejor inspector. Saldrá del cuartel general de Scotland Yard, en Londres, a primera hora de la mañana. Adiós.

Justo cuando estaba a punto de colgar, Stella recordó algo.

—¿No necesita mi dirección?

—¡Ah, sí! —dijo la voz al otro lado de la línea—. Le ruego que me perdone, señorita. ¿Cuál es su dirección?

—Saxby Hall.

—Saxby Hall, muy bien. Ahora sí que he tomado buena nota de todo. Y perdone, pero ¿cómo ha dicho que se llama usted?

—Bueno, en realidad soy...

—¿Sí?

—Lady Saxby —dijo Stella al cabo de unos instantes. Sabía, porque lo había visto con sus padres, que los títulos de lord y lady imponían respeto entre la gente.

—Vaya, así que una lady, ¿eh? —replicó el hombre con un tono ligeramente burlón.

—Sí, así es. Soy la nueva lady Saxby. Lady Stella Saxby.

—Pues verá, lady Saxby, es muy tarde ya. Según el reloj de la comisaría, son las doce pasadas, por lo que creo que debería usted estar en la cama desde hace un buen rato.

—Sí, tiene razón —respondió Stella, aunque en ese momento no se imaginaba yéndose a dormir.

—Entonces sugiero que se meta usted en la cama ahora mismo, y mañana a primera hora recibirá la visita de un inspector de policía.

—¿Me lo promete?

—Se lo prometo, señorita, perdón, lady Saxby. Mañana a primera hora.

—Gracias.

Solo tenía que asegurarse de seguir con vida hasta entonces.

—Ah, lady Saxby...

—¿Sí? —contestó la niña.

—Que sueñe con los angelitos.

CLIC.

El agente había colgado.

19

Mucha grima

Stella colgó el auricular y, de puntillas, salió del estudio de su padre y avanzó por el pasillo. Con mucho cuidado, se asomó a la cocina. Platos, tazas, platitos y cuencos salían volando de los armarios y se estrellaban en el suelo, que ni se veía de tanta loza rota que se apilaba por todas partes.

Wagner revoloteaba de acá para allá, tratando de atacar al fantasma con su pico afilado como un cuchillo. En el instante en que Stella entró en la cocina, Hollín se defendía del pajarraco con una salsera que segundos después salió disparada y cayó al suelo, rompiéndose en mil pedazos.

Para sorpresa de la niña, no había ni rastro de la tía Alberta. Con una punzada de pánico, pensó que tal

vez hubiese bajado al sótano para comprobar si ella seguía allí. Sin que Wagner la viera, se dirigió de puntillas a la trampilla del conducto.

Una vez en el conducto, se asomó por la trampilla y vio a la tía Alberta entrar en la cocina. Parecía no entender nada de lo que estaba pasando.

—**¡Wagner!** —gritó—. ¡La vajilla! ¿Qué estás haciendo con la vajilla? ¡Pájaro malo!

Hollín tenía razón: los mayores no podían ver a los fantasmas. Alberta echaba a su mascota la culpa de todo aquel desaguisado, y la niña no pudo evitar sonreír.

Bajar por el conducto de la carbonera era más difícil incluso que subir. Sin el resplandor fantasmagórico de Hollín para guiarla, era un descenso aterrador en medio de una oscuridad total. En cualquier momento podría resbalar y caer. Finalmente, sus pies descalzos tocaron la fría piedra del suelo, y en ese preciso instante oyó que alguien bajaba la escalera a toda prisa dando grandes pisotones. ¡Era su tía, que iba a comprobar si ella seguía allí! Tan deprisa como pudo, Stella se tumbó en el suelo del sótano y cerró los ojos, fingiendo estar dormida. Oyó el traqueteo de las llaves y luego, muy despacio, se abrió una rendija en la gran puerta de acero. La niña no abrió los ojos, y hasta intentó roncar un poco, como si llevara horas durmiendo.

Zzzz

Zzzz

Zzzzz.

Le daba mucha grima notar la presencia de su tía en el sótano, moviéndose a su alrededor.

Por unos instantes, Alberta se quedó inmóvil, y Stella distinguió el olor a cuero mojado de sus botas. No pudo resistir la tentación de separar ligeramente los párpados. Con el rabillo del ojo, vio una enorme bota negra plantada justo delante de sus narices.

No podía tenerla más cerca. Tan pronto como pudo, volvió a cerrar el ojo. Temía haberse delatado. Notó el cálido parpadeo de una vela acercándose a su rostro, pero se quedó quieta como una estatua y no tardó en oír los pasos de su tía alejándose en dirección a la puerta. Aun así, esperó hasta oír la llave girando en la cerradura y sus pasos alejándose escaleras arriba. Solo entonces abrió los ojos y soltó un enorme suspiro de alivio. Había convencido a su tía de que llevaba horas dormida.

Stella se incorporó en el frío suelo de piedra del sótano. Aquello no se parecía en nada a la mullida cama con dosel de su habitación. Entonces oyó un ruidito procedente del conducto del carbón y vio un tenue resplandor que fue haciéndose cada vez más intenso en la oscuridad de la carbonera.

¡Era Hollín!

Stella nunca hubiese imaginado que se alegraría tanto de ver a un fantasma.

—Milady, ¿qué tal te ha ido con el bol de sandía? —preguntó Hollín.

—¿Con quién?

—¡Con la policía!

—¡Ah, sí! —A veces aún le costaba un poco entender aquella enrevesada forma de hablar—. Sí, he llamado a la policía, y me han dicho que mañana a primera hora mandarán al mejor inspector de Scotland Yard.

—¡Eso es estupendo! —exclamó Hollín—. Bueno, milady, deberías intentar dormir un poco. Mañana por la mañana tienes que estar fresca para contárselo todo con pelos y señales.

—Tienes razón.

—Yo subiré al tejado por las chimeneas de la casa y me quedaré de guardia.

—Gracias, Hollín.

—Será un placer, milady. En cuanto lo vea llegar, bajaré corriendo y te despertaré.

—Gracias, Hollín —repitió la niña con un hilo de voz—. No sé qué haría sin ti.

El fantasma se quitó la gorra.

—A su servicio, milady. Buenas noches.

—Buenas noches. —Al cabo de unos instantes, Stella añadió—: Tengo miedo.

Hollín le sonrió para darle ánimos y apoyó una mano en su hombro para tranqui-lizarla.

—Intenta no ponerte nerviosa. Yo vigilaré.

Como Hollín era un fantasma, Stella no notó nada cuando la tocó... a no ser en el corazón.

—Lo haré —contestó la niña.

—Y ahora a ver si consigues dormir, milady. ¡Si me necesitas, estaré en el tejado!

Dicho esto, el fantasma desapareció por el conducto del carbón, y el sótano se vio sumido de nuevo en la oscuridad.

Hollín empezó a subir con agilidad por las entrañas de la casa. Primero, trepó por el conducto del carbón. Desde la cocina, se abrió paso hasta el salón, con su enorme chimenea, que lo llevó hasta la primera planta. Era como si la casa fuese para él un inmenso tablero del juego «Serpientes y escaleras».

Al cabo de un rato, había llegado al punto más alto de la casa. Una vez allí, se  las arregló para pasar por el sombrerete de la chimenea y salir al tejado, que estaba cubierto por una gruesa capa de nieve. Hollín estaba decidido a descubrir al inspec-

tor antes de que lo hiciera la malvada tía de Stella. Se
quedó allí sentado a solas mientras la tormenta arre-
ciaba a su alrededor.

Estuvo toda la noche en vela, con los ojos puestos
más allá de los campos desiertos, con la esperanza de
ver una luz brillando a lo lejos.

20

Como un cencerro

Solo al alba distinguió Hollín una figura humana muy a lo lejos, avanzando hacia la casa sobre una motoci- cleta. Del cielo pálido seguía cayendo nieve, aunque era un poco más ligera que antes. Por unos instantes, el chico temió que fuera la motocicleta de Alberta, pero

enseguida descartó esa posibilidad, porque no tenía sidecar y la conducía un robusto hombretón con traje y corbata cuyo largo abrigo marrón ondeaba como si fuera una capa. En cuanto lo vio acercándose a la verja de Saxby Hall, Hollín se deslizó por la chimenea para contárselo a Stella.

—¡Ha llegado! —exclamó con entusiasmo, saliendo a toda prisa del conducto y aterrizando en la carbonera.

—¿Quién?

—¿Quién va a ser? ¡El policía!

—¡Menos mal! —exclamó la niña, incorporándose—. ¿Qué hora es?

Pasar la noche encerrada en el sótano, en medio de una oscuridad total, le había hecho perder la noción del tiempo. Stella no tenía ni idea de cuántas horas había dormido.

—Está saliendo el sol. Aún es muy pronto, milady.

—Entonces no hay tiempo que perder. La tía Alberta suele madrugar. Tenemos que llegar a la puerta principal antes de que el inspector llame al timbre.

—Sígueme, milady —contestó Hollín, y juntos treparon por el conducto.

El corazón de Stella latía a toda velocidad cuando salió de la cocina y echó a correr por el pasillo en dirección a la puerta principal.

—¡Lo había olvidado! —exclamó en susurros al intentar girar el pomo—. ¡La puerta está cerrada, y la tía Alberta ha escondido las llaves!

—Tiene que haber otra forma de entrar en la casa —replicó Hollín.

Al otro lado de la puerta, oyeron como se apagaba el motor de la motocicleta, y el sonido de unos pasos sobre la nieve.

—¡Si llama al timbre, despertará a la tía Alberta! —dijo Stella, paralizada por el pánico.

Por suerte, Hollín tuvo una idea.

—¡Pues háblale por el buzón antes de que lo haga! —sugirió.

La niña levantó la solapa de bronce del buzón y acercó el rostro a la ranura.

—Hum, ¡hola! —saludó.

Los pasos se detuvieron y el desconocido se agachó ante la puerta. Lo único que veía Stella era un par de ojos que la observaban a través del buzón con mirada penetrante.

—Buenos días, señorita —dijo la voz, grave y áspera—. Soy el inspector Strauss, de Scotland Yard—. El hombre le enseñó la placa a través de la ranura—. ¿Y usted es...?

—Lady Stella Saxby —contestó la niña.

—Ah, sí. Me lo dijo el compañero que la atendió por teléfono. Debo confesar que no parece usted una dama... —bromeó— ¡sino más bien un mequetrefe de esos que viven en la calle!

—Lo siento muchísimo, no he podido asearme ni cambiarme porque he estado encerrada en la carbonera del sótano.

—¿De veras? —El hombre sonaba desconfiado.

—Sí, así es. ¡Le digo la verdad! —replicó la niña, aunque se arrepintió enseguida porque, por algún motivo, eso hacía que pareciera que mentía—. Muchas gracias por venir. No se imagina usted cuánto me alegro de tenerlo aquí. Lo que pasa es que no sé muy bien por dónde empezar. —Las ideas se amontonaban en su mente, y las palabras le salían a trompicones—. Verá, me desperté de un coma y mi tía Alberta me dijo que...

El inspector carraspeó con aire teatral.

—Ejem, ¿no cree que para tomarle declaración sería mejor que estuviéramos cara a cara, señorita?

—Oh, sí, claro, inspector Strauss, pe-pero...

—¿Sí...? —El hombre parecía empezar a cansarse de todo aquello.

—Verá, no tengo la llave de la puerta principal.

—¿Que no tiene la llave? —replicó el inspector, desconcertado.

—Sí, quiero decir, no. Quiero decir que no la tengo. Lo siento muchísimo, señor inspector. Sí que la tenía, pero el gran búho de las montañas de Baviera de mi tía me la arrancó de las manos.

El inspector se rió para sus adentros y soltó un suspiro.

—Con el debido respeto, señorita, ¡esta historia suena cada vez más descabellada! —Siguió mirándola a través de la rendija del buzón—. ¡Me parece que todo esto no es sino una chiquillada de una joven con demasiada imaginación... ¡Se lo advierto, hacer perder el tiempo a la policía es un delito grave!

Stella se volvió hacia Hollín en busca de ayuda. Él le dedicó su mejor sonrisa de ánimo. La niña no se atrevía a contarle al inspector que la estaba ayudando el fantasma de un limpiachimeneas: el hombre pensaría que estaba como un CENCERRO.

—Le aseguro que no es mi intención hacerle perder el tiempo, señor Strauss —dijo la niña con tono suplicante.

—¡Inspector Strauss, señorita! —corrigió él.

—Inspector Strauss, perdone.

—Podrías abrir la puerta del garaje —sugirió Hollín.

—¡Es verdad! Gracias, Hollín —contestó la niña sin pensar.

—¿Con quién diantres habla usted, señorita? —preguntó el inspector.

—Con na-nadie —farfulló Stella—. Quiero decir, conmigo misma.

—¿Habla usted a menudo consigo misma? Es una de las primeras señales de locura, como sabrá.

—¡Hum, no, nun-nunca lo hago! —contestó Stella—. Quiero decir, solo de vez en cuando. En realidad, esta es la primera vez que lo hago. ¡La primera y única!

—Si me perdona, señorita, creo que ha llegado el momento de marcharme —anunció el inspector con tono cortante, y le volvió la espalda.

—¡No! ¡No se vaya, por favor! —suplicó Stella, gritando a través del buzón—. Rodee la casa hasta el garaje, lo verá al fondo a mano izquierda. Desde allí podré abrirle para que entre usted en la casa.

—Como sea otra de sus tonterías, no tendré más remedio que llevarla detenida.

—¡No, no es ninguna tontería! —insistió la niña.

—Eso espero, por su propio bien —replicó el inspector con un tono que no admitía réplica.

21

Una de misterio

El inspector de policía se paseó alrededor del Rolls Royce destrozado, y Stella aprovechó para echarle un buen vistazo.

Strauss era un hombre grandullón que llevaba gafas de montura aparatosa. Tenía una mata de grueso pelo negro y un señor bigote sobre el labio superior, como una gran oruga peluda. A juzgar por su aspecto, bien podría haber salido de las páginas de una novela de misterio. Una larga gabardina marrón arrugada cubría su traje gris, más arrugado todavía y con pinta de ser por lo menos una talla menos de la que necesitaba el hombretón. Remataba su atuendo un sombrero de fieltro marrón, el preferido por los detectives de las novelas de misterio.

Stella lo observaba mientras el hombre inspeccionaba los daños y tomaba notas en su libreta con letra ilegible. La niña se vio reflejada por unos instantes en una de las pocas ventanillas del coche que no se había roto en el accidente y le costó reconocerse. Tenía un aspecto lamentable. Le daba mucha vergüenza presentarse descalza y con un harapiento camisón ante un perfecto desconocido, con la cara y el pelo tiznados de hollín. No le extrañaba que el inspector la hubiese comparado con un pilluelo. En ese momento no se parecía en nada a la hija de unos lores, y nadie hubiese dicho que ella misma era una dama.

Mientras Stella enseñaba al inspector el coche accidentado, Hollín había recibido el encargo de subir por la chimenea hasta el dormitorio de la tía Alberta para asegurarse de que seguía durmiendo. Si la mujer se despertaba, el fantasma pondría en marcha otro de sus numeritos. Lo que fuera con tal de impedir que la malvada mujer viera al inspector. Al menos, de momento. Si lograba convencer a Strauss de que Alberta era responsable de la muerte de sus padres, estaría encantada de verlo corriendo escaleras arriba para detenerla. ¡Podría incluso esposarla mientras dormía!

La pequeña observaba sin decir ni mu mientras el inspector levantaba el capó abollado del Rolls Royce para inspeccionar el motor y daba golpecitos con el bolígrafo en varias de sus piezas. Luego comprobó el estado de los neumáticos con unas patadas y se puso de rodillas para observar la parte inferior de la carrocería. Stella no estaba segura de que todo aquello fuera a servir de mucho, pero pensó que el inspector Strauss debía de saber lo que hacía. Finalmente, el hombre se levantó y anunció:

—Bueno, señorita, tras una cuidadosa inspección del vehículo, puedo asegurar que lo ocurrido no fue sino un trágico accidente. Si me perdona, debo volver a Scotland Yard.

—¡No fue ningún accidente! —exclamó la niña.

—¿Cómo que no? —replicó el inspector, poniendo los ojos en blanco.

—Tengo motivos para sospechar que envenenaron a mi padre.

Al oírla, Strauss se puso muy tieso de repente.

—¿Que lo envenenaron, dice?

—S-s-sí —farfulló la niña. Stella estaba segura de ello, pero le daba apuro decirlo en voz alta.

El inspector Strauss se bajó las gafas y miró a Stella directamente a los ojos. Estaba claro que la niña había captado su interés.

—Señorita, sentémonos y charlemos. Quiero que me cuente todo lo que sabe.

22

Sin sombra de duda

Instantes después, estaban los dos sentados frente a frente en la inmensa biblioteca de Saxby Hall. Las piernas de Strauss colgaban en el aire, pues eran demasiado cortas para llegar a la alfombra. Stella volvió de puntillas hasta la puerta y la cerró sin hacer ruido. No quería despertar a su tía, que seguía durmiendo en la planta de arriba.

—Lo que debe usted comprender, señorita —empezó el inspector— es que este caso suscitó un enorme revuelo, y no era para menos: «Trágico accidente acaba con la vida de conocida pareja de la alta sociedad». Salió en la portada de todos los diarios.

Stella no se había detenido a pensar en eso. Debió de ser una noticia bomba.

—Por supuesto, como siempre que hay un accidente de consecuencias fatales, un equipo compuesto por los mejores inspectores de Scotland Yard emprendió una exhaustiva investigación policial.

—Ah, ¿sí? —preguntó Stella.

—Por supuesto. Y, tras examinar todas las pruebas y entrevistar a todos los testigos, ese equipo de los mejores inspectores de policía de este país llegó a la conclusión de que no había indicio alguno de criminalidad.

—¿Dijeron que fue un simple accidente? —preguntó Stella.

El inspector hablaba de un modo muy persuasivo, y la niña empezaba a creer que a lo mejor tenía razón.

—¡Sí! Eso fue exactamente lo que dijeron, señorita. Sin sombra de duda. Sin ni siquiera la sombra de la sombra de una duda. O tan solo la sombra de la sombra de la sombra de una duda. ¿Y sabe usted quién fue la persona que la investigación reveló como una auténtica heroína en medio de toda esta tragedia?

—No.

—Su bellísima tía Alberta.

La niña se quedó patidifusa, no solo por la revelación, sino también por oír a alguien llamar «bellísima» a su tía.

—Ella fue la primera en llegar al escenario del crimen, quiero decir, del accidente.

La niña no tenía ni idea de todo aquello.

—¿En serio?

Justo entonces, la puerta de la biblioteca se abrió despacio. Stella se levantó de un brinco. ¿Sería la tía Alberta?

La puerta se abrió del todo y tras ella apareció Gibbon. El anciano mayordomo entró en la habitación sosteniendo su bandeja de plata, en la que había un par de zapatillas chamuscadas y humeantes.

—¡Sus panecillos tostados, alteza! —anunció con gesto teatral—. Se los dejaré sobre la mesa, señor.

Entonces Gibbon dejó caer la bandeja al suelo y las zapatillas ardientes salieron volando por los aires. Una de ellas aterrizó en el regazo del inspector.

—¡Aaah! —gritó el hombre con una mueca de dolor, y la apartó rápidamente de un manotazo.

Pero Gibbon aún no había terminado.

—Si necesita algo más, señor, no dude en llamarme con esta campanilla —dijo, sacando del bolsillo de su polvorienta levita un temporizador de cocina con forma de huevo que dejó con cuidado sobre la cabeza del inspector—. Estaré en la biblioteca.

El mayordomo se inclinó y se fue de la biblioteca, cerrando la puerta tras de sí.

Irritado, Strauss se quitó el temporizador de la cabeza y lo tiró al suelo.

—No le haga caso, inspector —dijo la niña—. No es más que Gibbon, el mayordomo.

—¡Ese hombre es un completo imbécil! Habría que echarlo a la calle y darle una sopapina.[*]

Stella sabía que Gibbon no era el mejor mayordomo del mundo, ni mucho menos. De hecho, era muy posible que fuese el peor mayordomo que haya existido jamás. Aun así, el comentario de Strauss le pareció de lo más cruel.

—A ver, ¿por dónde íbamos? —continuó el inspector, visiblemente molesto por la interrupción.

—Humm... iba usted diciendo que mi tía fue la primera en llegar al lugar del accidente —dijo la niña.

—Ah, sí, señorita. Y la formidable mujer intentó por todos los medios salvar la vida de sus padres.

—¿De veras?

La niña estaba boquiabierta.

---

[*] No, no es una sopa rara, sino una paliza. Y no, no ha sido muy amable por parte del inspector.

—Sí, señorita. Por desgracia, no había nada que hacer. Murieron los dos en el acto.

Stella se estremeció solo de pensarlo.

—Sin embargo, Alberta se las arregló para salvarla a usted. Arriesgó su propia vida para sacarla del coche en llamas.

La niña trató de asimilar aquella información.

—Lo siento —farfulló—. Lo siento mucho, no tenía ni idea.

El inspector parecía saber mucho más que ella sobre lo sucedido, lo que no era de extrañar teniendo en cuenta que, a raíz del accidente, Stella había entrado en coma. Empezaba a sentirse fatal por haber sospechado de su tía.

—Señorita, es usted muy afortunada por tener a una tía como lady Alberta. Es una mujer tan amable y cariñosa... Es tan hermosa y con tanto talento... Es la mejor tía del mundo. Por supuesto, estaba usted en el hospital cuando se celebró el funeral por sus padres, pero tiene que saber que su tía pronunció un discurso muy emotivo. Saltaba a la vista que los quería muchísimo. Hasta interpretó una maravillosa aria de ópera alemana para todos los presentes mientras los ataúdes salían de la iglesia. ¡Qué voz tan celestial!

«¡¿Qué?!», pensó la niña. Stella había tenido la desgracia de oír cantar a su tía en muchas ocasiones a lo largo de los años. Era como si estuvieran estrangulando a un gato.

—Hizo llorar a todas y cada una de las personas que estaban en la iglesia —continuó el inspector.

—¡Sí, claro, de lo fatal que cantaba! —replicó la niña.

—¡Qué cosa tan fea de decir! —bramó el inspector, indignado—. ¿CÓMO SE ATREVE? Su reacción asustó a la niña, que se disculpó enseguida.

—Lo siento, no tendría que haber dicho eso.

—Vergüenza debería darle, señorita —gritó el hombre, indignado—. **¡SU TÍA ES UNA CANTANTE DE ÓPERA DE NIVEL MUNDIAL!**

Stella tenía ganas de echarse a llorar. Aquello se estaba convirtiendo en una bronca en toda regla.

—Lo siento —murmuró.

—¡Eso espero! Y por favor, no me venga con lloriqueos. No soporto a las niñas de lágrima fácil. Veamos, ¿por dónde iba...? Ah, sí. Dos meses después del funeral, la señorita Alberta fue a recogerla en persona al hospital. Sabía que nadie podría cuidar mejor de usted que su tía preferida.

Pese al poder de convicción del inspector, Stella no las tenía todas consigo.

—Entonces ¿por qué me encerró en la carbonera del sótano?

Por un instante, Strauss se quedó sin palabras.

—Bueno, hummm... Imagino que, si de veras la encerró allí... —Se notaba que escogía las palabras con sumo cuidado— debió de ser por su propio bien. No me cabe duda de que se encontraba usted en estado de shock después de saber que sus padres habían muerto en un accidente. Un disgusto así puede llevar a la gente a hacer cosas muy extrañas. Se me ocurre, señorita, que a lo mejor había intentado usted huir de casa. ¿Estoy en lo cierto?

No había duda de que Strauss conocía su oficio. Parecía capaz de desentrañar cualquier misterio. El hombre conocía las repuestas a preguntas que no había hecho todavía.

—S-s-sí —confesó Stella—. Había intentado escapar.

—Eso he supuesto. Y, con la que está cayendo, podría haber muerto usted de frío. No íbamos a consentir que eso ocurriera, ¿verdad que no?

—No —contestó la niña.

—Al menos, de momento —añadió el inspector entre dientes.

—¿Qué ha dicho? —preguntó Stella.

—Nada, señorita —replicó Strauss con aire inocente.

23

Gato encerrado

—Lo siento, inspector —dijo Stella, sentada frente al hombre en la biblioteca—, pero por más que lo intente no consigo convencerme de que fue solo un accidente. Creo que pudo haber sido un... —Stella dudó unos instantes, pero finalmente dijo la palabra—: ¡asesinato!

—Conque un asesinato... —repitió Strauss, y chasqueó la lengua—. ¿Y qué le hace estar tan convencida de que aquí hay gato encerrado, señorita?

Stella respiró hondo e intentó ordenar sus ideas.

—Verá, inspector Strauss, mi tía preparó té para todos nosotros la mañana del accidente.

—Qué bonito detalle por su parte —comentó el inspector.

—¡Exacto! ¡Y qué poco habitual en ella! —replicó la niña.

El inspector se pasó los dedos por el tupido mostacho.

—No estará usted insinuando que su tía Alberta asesinó a sus padres con una taza de té, ¿verdad? **¡Ja, ja, ja!**

El hombre se reía a carcajadas solo de pensarlo.

La niña dudó un momento, pero dijo:

—Pues sí, porque creo que echó veneno en el té.

El inspector se quedó mudo por unos instantes, y miró a Stella de un modo tan frío y severo que un escalofrío la recorrió de la cabeza a los pies.

—¿Lo cree o lo sabe? —preguntó.

—Lo sé. Creo. Creo que lo sé... —Stella se estaba viniendo abajo. Era como si fuera ella la sospechosa y la sometieran a un interrogatorio.

—Señorita, no creo que haga falta recordarle que lo que acaba de decir es una acusación extremadamente grave.

Una vez más, la niña empezó a dudar de sí misma. Su versión de los hechos empezaba a perder consistencia, como un carrete de hilo que se devana al caer. Sin embargo, estaba segura de algo muy importante:

—He leído muchas novelas de misterio... —empezó a decir.

—¡Ajá, conque de ahí sale toda esta sarta de tonterías! —exclamó el inspector.

—He aprendido que, casi siempre que hay un asesinato, quien lo comete tiene un motivo para hacerlo. A menudo, es así como se descubre al asesino. Y mi tía tenía un motivo de peso.

—¿Un motivo, señorita? —replicó Strauss con una risotada—. ¡Va usted a dejarme sin trabajo, lo veo venir! ¿Y cuál supone usted que era el motivo de su tía?

La niña respiró hondo antes de contestar.

—Quiere quedarse con toda la casa para ella sola. Siempre lo ha querido. Desde que era una niña.

—¿De veras, señorita? —El tono del inspector era ahora de lo más sarcástico.

—¡Pues sí! —Stella estaba segura de ello—. No para de decirme que tengo que cederle la propiedad de Saxby Hall. Por suerte, no sabe dónde está la escritura.

Strauss negó con la cabeza.

—Lo más probable es que su tía quiera ahorrarle quebraderos de cabeza, señorita. —El inspector tenía respuesta para todo. Pareció dudar un instante, y luego añadió—: Por supuesto, la escritura sería una prueba muy útil en ese caso. No sabrá usted por casualidad dónde está, ¿verdad?

—No.

Sin pensarlo, Stella miró hacia el estante de la librería donde sabía que estaban *Las reglas del juego de las pulgas saltarinas*. No tenía experiencia en aquello de mentir, y temía haber levantado la liebre. La niña no confiaba en el inspector Strauss. Si supiera dónde estaba la escritura de Saxby Hall, era muy capaz de dársela a la tía Alberta. Por algún motivo que Stella no lograba comprender, el hombre siempre parecía estar de su parte.

El inspector sonrió para sus adentros.

—Entonces ¿por qué ha mirado usted hacia esa librería de ahí cuando ha dicho que no, señorita?

—¡No lo he hecho! —protestó la chica, pero los ojos se le fueron de nuevo hacia el estante.

El inspector sabía reconocer una mentira. Se bajó del sofá de un brinco y se encaminó a la librería bamboleándose como un péndulo.

—¿Qué hace? —preguntó Stella.

—Ah, solo quiero echar un vistazo. Hay que ver la de libros que hay en esta casa —comentó el inspector.

—A lo mejor le apetece ver el estudio de mi padre —sugirió Stella, intentando apartar al hombre de la estantería sin que se notara demasiado.

—Gracias, pero ahora no, señorita. Hágame un favor: vaya usted a la cocina y tráigame un copita de su mejor jerez.

—¿Ahora? —preguntó Stella, tragando saliva.

—¡Sí, ahora! —replicó Strauss con autoridad.

Dicho esto, cogió a la niña del brazo y poco menos que la sacó a rastras de la biblioteca. Luego le cerró la puerta en las narices con un sonoro...

¡PAM!

24

Búhos disecados

Arriba, en la habitación de la tía Alberta, Hollín estaba en un rincón. El fantasma había entrado en la habitación por la chimenea, porque la mujer siempre cerraba la puerta con llave cuando se iba a dormir. La misión de Hollín consistía en tener a Alberta vigilada y avisar a Stella en cuanto empezara a despertarse. Si se levantaba y pillaba a su sobrina hablando con un inspector de policía, se pondría hecha una furia.

Un enorme retrato al óleo de la tía Alberta y Wagner, con un aparatoso marco dorado, presidía la habitación. En torno a la cama con dosel, sobre una serie de mesitas y pedestales, había numerosas urnas de cristal con búhos disecados. Búhos de todos los colores y tamaños imaginables:

- Mochuelo bonsái japonés.

- Búho de un solo ojo del Himalaya, también conocido como «búho cíclope», aunque solo es una leyenda.

- Lechuza piquilarga de la Antártida, un ave anfibia que puede zambullirse a cientos de metros de profundidad en busca de peces.

- Búho pinchudo, o *Buhus erizus*, como se le conoce entre la comunidad científica.

- «Buhorrino», mitad cerdo, mitad búho.

- Búho de las islas Fiji, también conocido como *Buhus alicortus*, incapaz de volar.

- Búho siamés o «búho de dos cabezas».

- Lechuza escocesa o *Lechuzus calvorotus*, que carece de plumas.

- Búho trípode, que se llama así por tener tres patas.

- Lechuza de la Antártida. (Aviso: no confundir la antártica lechuza con un rollo de merluza.)*

Era un espectáculo de lo más siniestro, incluso para un fantasma, ver todas aquellas magníficas criaturas congeladas para siempre en el momento de su muerte. Las urnas también albergaban una amplia

---

* ¿A que parece imposible que alguien confunda lechuza con merluza? Pues a mí me ha pasado, y os aseguro que las lechuzas no están precisamente para chuparse los dedos. Por mucho que se enrollen.

gama de escenas bucólicas, con las aves colocadas en poses dramáticas. Había un búho con las alas desplegadas, como si fuera a echar a volar. Otro llevaba un ratón disecado entre las garras. También los había de lo más estrafalarios:

- **Un búho que tocaba el xilofón.**

- **Dos mochuelos que jugaban al bádminton.**

- **Una lechuza que patinaba sobre hielo.**

- Dos búhos que practicaban esgrima.

- Dos lechuzas montadas en un tándem diminuto.

- Un búho con traje tirolés, ejecutando el baile típico de la fiesta de la cerveza de Baviera.

- Un mochuelo bonsái con traje de jinete a lomos de un poni.

- Un búho vestido a imagen y semejanza del Barón Rojo, el famoso aviador alemán de la Primera Guerra Mundial.

- Un búho y una lechuza que practicaban bailes de salón.

- Un búho bailando breakdance. Este era especialmente extraño, ya que el breakdance no se inventó hasta finales de los años setenta.

Cualquiera que entrase en la habitación de la tía Alberta comprendería enseguida que le faltaba un tornillo. O tal vez dos. O incluso tres.*

Desde la otra punta de la habitación, Hollín distinguía una silueta bajo las mantas de la gigantesca cama de Alberta. Sobre la sábana asomaba el característico sombrero de cazador de la tía de Stella. La mujer roncaba tan fuerte que hacía temblar los muebles.

---

* Vale, me he pasado de rosca.

—¡JRRRooonc...! ¡JRRRooonc...!

Después de echar un vistazo por toda la habitación, Hollín se centró de nuevo en la silueta que dormía en la cama, y fue entonces cuando se dio cuenta de que algo no acababa de cuadrar: allí donde debería asomar el pie de la tía Alberta, había una pata con garras.

Hollín se acercó a la cama de puntillas. Despacio, con mucho cuidado, levantó la sábana y descubrió que debajo había una enorme bestia con plumas.

No era la tía Alberta quien estaba en la cama.

¡Sino Wagner!

25

Mordiendo el aire

Hollín soltó un grito y despertó al pajarraco.

Si algo debéis saber acerca del gran búho de las montañas de Baviera es que no se trata de una especie madrugadora. Por decirlo suavemente. Son criaturas nocturnas por naturaleza, así que les gusta dormir hasta media tarde y luego quedarse en la cama haciendo el vago un buen rato, llenarse la panza con un almuerzo tardío o una buena merienda, arreglarse las plumas sin prisas y ponerse al día hojeando el diario antes de hacer nada.

Si despertáis a un gran búho de las montañas de Baviera antes de mediodía, deberéis ateneros a las consecuencias.

Y eso fue justo lo que le pasó al pobre Hollín.

El pájaro graznó indignado y se levantó de un salto. Primero intentó picotear al pequeño fantasma. Luego batió las inmensas alas, echó a volar y se dedicó a perseguir al chico por la habitación de Alberta entre graznidos, intentando atraparlo con sus afiladas garras.

—¡AAAAAAAAHHHHHH!
—gritaba Hollín, tratando de esquivar los zarpazos del búho. Se fue corriendo hacia la puerta, pero estaba cerrada con llave.

Lejos de desistir, Wagner seguía atacando a Hollín con su afilado pico, cada vez más furioso.

Como un ratón atrapado dentro de casa, el chico se escabullía pegado a las paredes de la habitación. Pero era inútil, porque el pajarraco se lanzaba en picado desde arriba. Desesperado, Hollín intentó esconderse detrás de las urnas de cristal, pero el animal las fue apartando con sus poderosas alas. Una tras otra, las urnas cayeron hechas trizas y los búhos quedaron esparcidos en el suelo. Era una escena macabra. Poco después, la habitación de la tía Alberta era un caos de cristales rotos y búhos disecados vestidos de un modo estrafalario.

Hollín buscó a la desesperada cualquier objeto que le sirviera de arma arrojadiza, y encontró un juego de las pulgas saltarinas. Levantó la caja en el aire y la tiró directamente a la cara de Wagner, provocando una lluvia de discos de colores.

Pero el gran búho seguía avanzando en su dirección.

Hollín tenía que salir de allí. Su única vía de escape era la misma que le había permitido entrar en la habitación. El chico se fue corriendo hacia la chimenea y empezó a trepar por su interior.

—¡Aaarrrgh! —gritó.

El búho le había cogido el pie con el pico y tiraba de él hacia abajo. Con el otro pie, Hollín le dio una fuerte patada en la cabeza, y el animal abrió el pico para poder graznar de dolor.

¡¡¡CRUAAAJ!!!

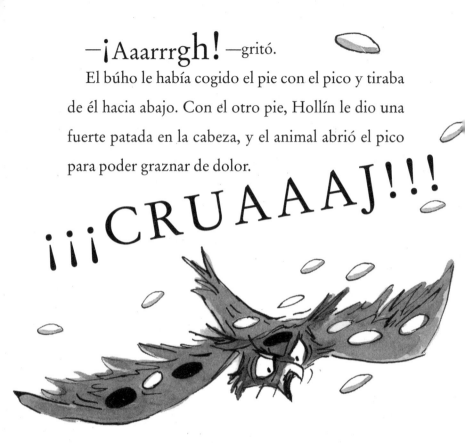

Hollín aprovechó para escabullirse chimenea arriba. Por unos instantes, creyó estar a salvo. ¡Aquel pajarraco le había dejado sin gota de sangre en las venas!* Pero estaba convencido de que no podría seguirlo hasta allí arriba.

* Es un decir, claro, tratándose de un fantasma.

Se equivocaba.

Hollín miró hacia abajo.

Ahí estaba Wagner, subiendo por la chimenea como un cohete. Sus ojos relucían en la oscuridad, su pico mordía el aire con rabia. No descansaría hasta ver a Hollín convertido en confeti.

—¡Noooooo! —gritó el chico, y su voz resonó por todas las chimeneas y conductos de la casa.

26

Ficus mortensis

Justo cuando Stella servía una copita del mejor jerez para llevársela el inspector, el hombre entró en la cocina con una gran sonrisa asomando bajo el bigote.

Al darse la vuelta y verlo allí plantado en el umbral, Stella se llevó un susto de muerte y dejó caer el decantador del jerez...

¡¡¡CRAAAC!!!

... que se unió así a toda la vajilla rota que cubría el suelo de la cocina.

—¡Niña tonta! —dijo el hombre.

—¡Lo siento, pero me ha asustado! —replicó Stella—. Creía que estaba usted en la biblioteca.

—No, no, ya he hecho todo lo que tenía que hacer aquí, señorita.

¿Habría encontrado el inspector Strauss la escritura de Saxby Hall? Stella no podía saberlo.

Debía escoger las palabras con mucho cuidado.

—Entonces... ¿no ha encontrado nada interesante allí dentro? —aventuró.

—No, señorita. Nada de nada.

¿Estaría diciendo la verdad? De momento, Stella no tenía más remedio que creerlo.

Miró los trozos de vajilla rota que se amontonaban a sus pies.

—La tetera tiene que andar por aquí. Estará hecha trizas, pero si encuentro un trocito podría usted llevarlo al laboratorio de Scotland Yard para que busquen trazas de veneno. —El inspector negó con la cabeza mientras la niña se agachaba y rebuscaba entre los añicos—. ¡Tiene que estar aquí!

—¡No puedo seguir perdiendo el tiempo, señorita! —exclamó el inspector.

—¿Y no podría usted ayudarme a buscar la tetera, por favor?

—¡Pues no, señorita! —replicó el hombre, enfadado—. ¡Todo esto no es más que una pantomima!

La niña se esforzaba por encontrar un trocito de la tetera. Se sentía fatal por haber dejado que Hollín destruyera la única prueba que tenían.

—¡No podemos recuperar la tetera, pero tal vez encontremos el veneno! ¡Es posible que mi tía lo dejara escondido en la cocina! ¡Puede que lo guardara en una lata! —Stella se precipitó hacia la despensa y se puso a hurgar entre los cientos de botes y latas que había allí dentro.

Strauss parecía harto, y sus suspiros de impaciencia hacían que la niña dudara de sí misma y que su búsqueda pareciera del todo inútil. Stella no tardó en vaciar todas las latas, botes y cajas de la cocina, sin haber encontrado nada de aspecto u olor sospechoso. Lo único que desenterró fue una  galleta mohosa, los restos polvorientos de unas gachas de avena y una pequeña rebanada de plum-cake olvidada, cubierta de moho blanco, por la que asomaba un gusano. Para su horror, el inspector Strauss cogió la rebanada y la engulló de un solo bocado.

—¡Me preguntaba cuándo iba a ofrecerme un trozo de bizcocho! —farfulló el hombretón con la boca llena—. Y bien, señorita, ¿damos por concluido este ridículo jueguecito?

—¡No! ¡No es ningún juego! —protestó la niña—. Tiene usted que creerme, inspector. La tía Alberta quiso envenenarnos a todos. Estoy segura. Déjeme echar otro vistazo a la despensa.

El inspector soltó un gran suspiro y, con gesto teatral, sacó del bolsillo un reloj de cadena dorado.

—Me encantaría ver cómo vacía usted la cocina, pero debo regresar a Londres antes de que se ponga a nevar otra vez. Tengo asuntos importantes que tratar. Verdaderos crímenes que resolver, delincuentes de verdad a los que atrapar, y no los que salen de la imaginación desbordante de una mocosa que no tiene nada mejor que hacer.

—¡Pe-pero...! —protestó Stella.

—Aunque, por supuesto, tendré que presentar un informe en cuanto vuelva a Scotland Yard. Por eso necesito que firme usted esta declaración.

—¿Una declaración? —preguntó Stella.

—Sí, señorita, es un mero trámite policial, solo tiene usted que firmar aquí abajo y poner la fecha de hoy.

Por unos instantes, el inspector sostuvo el papel de aspecto oficial, haciéndolo oscilar ante los ojos de Stella, y luego le dio la vuelta tan deprisa que la niña no alcanzó a leer una sola palabra.

—¿Qué pone en esa declaración?

Su padre le había enseñado que nunca debía firmar nada sin haberlo leído de cabo a rabo.

—¿Cómo que qué pone? Es un resumen de todas las pruebas recogidas, señorita. En ella reconoce usted que retira todos los cargos contra su tía porque se ha dado cuenta de que no son más que paparruchas.

—¡No son paparruchas!
—¡Ya lo creo que sí!
—¡No lo son!
—¡Sí lo son!

—¡Que no!

—¡Que sí!

—¡NO!

—¡SÍ!

Stella compren-
dió que si no zanja-
ba aquel tira y afloja,
podrían seguir así
hasta que se hiciera
de noche.

—Esto se está convirtiendo en un diálogo de be-
sugos, inspector. Además, antes de decidir si firmo o
no ese documento, tengo que leerlo.

El inspector se puso rojo como un tomate y sacó
del bolsillo una estilográfica negra. Con cada palabra que pronunciaba, apuntaba a la niña con su punta dorada y afiladísima. Stella tragó saliva. Temía que
Strauss fuera a clavarle la pluma.

—FIRME. LA.

DECLARACIÓN.

—¡Dé-déjeme leerla primero!

El inspector se contuvo y sonrió antes de probar con otra estrategia.

—Yo se la leeré, señorita, y así le ahorro el esfuerzo.

Dicho esto, el hombre cogió la hoja de papel y, sujetándola tan cerca de su propia cara que Stella no podía leer nada de lo que había escrito en ella, empezó a leer en alto.

—«Por la presente, yo, lady Stella Saxby, suscribo lo declarado en este documento en presencia del inspector Strauss a fecha de hoy, 22 de diciembre de 1933, al amparo de la ley noventa y dos, párrafo treinta y tres, apartado B. Mis padres, lord y lady bla, bla, bla...»

El inspector se saltaba trozos enteros del documento.

—... murieron en un accidente de tráfico, bla, bla, bla. Por la presente, sostengo que la causa de su muerte fue la ingesta de las semillas molidas de una planta sumamente tóxica, el *Ficus mortensis,* mezcladas con el té... bla, bla, bla... y bla, bla, bla...»

La niña no salía de su asombro.

—¿Qué acaba usted de decir? —preguntó.

—¿Có-cómo que qué acabo de decir? —replicó el hombre.

Stella lo miró con ojos desorbitados.

—Ha dicho usted algo de las semillas de una planta sumamente tóxica mezcladas con el té.

—¿De veras? —El inspector Strauss parecía muy nervioso.

—¡Pues sí! —Stella sabía que había descubierto algo, algo importante—. ¡Yo no he dicho nada de esas semillas!

—Me parece que no me ha oído usted bien, señorita.

—¡Lo he oído perfectamente, así que no me venga con esas!

Llegados a este punto, la cara del inspector empezó a temblequear como si tuviera vida propia.

27

La batalla de la sala de billar

Hollín trepaba por la chimenea lo más deprisa que podía, pero Wagner lo seguía de cerca, lanzando picotazos a los talones del fantasma.

Hollín llevaba décadas vagando por Saxby Hall, y conocía como la palma de su mano todos los recovecos del inmenso laberinto de chimeneas que recorrían las entrañas de la casa. Al llegar al punto donde se unían dos conductos, el fantasma saltó a un lado, bajó a trompicones y aterrizó en la chimenea de la sala de billar.

En esa habitación, muchas generaciones de lores Saxby habían entretenido a sus invitados después de cenar. Los hombres se reunían allí para jugar al billar, fumar los mejores puros y beber whisky en vasos de cristal tallado. Hacía mucho que nadie la usaba. La enorme y majestuosa mesa de billar seguía ocupando el centro de la habitación, pero su suave tapete de paño verde estaba cubierto de polvo.

Hollín salió dando tumbos por la boca de la chimenea, cruzó la habitación a rastras y fue a esconderse detrás de una de las robustas patas de madera de la mesa de billar.

Instantes después, Wagner salió disparado por la chimenea, envuelto en una gran nube de polvo negro. El pajarraco batió las inmensas alas para dispersar la polvareda y se posó  un momento en la alfombra. Luego miró a su alrededor, inclinó la cabeza hacia abajo e inspeccionó con detenimiento las huellas negras de pies y manos claramente estampadas en la alfombra de color crema. El rastro partía de la chimenea y se interrumpía debajo de la mesa de billar.

Había localizado a su presa.

Hollín se quedó quieto como una estatua detrás de la pata de la mesa, intentando con todas sus fuerzas no hacer nada que delatara su presencia. Pero el búho siguió las pequeñas huellas negras que el fantasma había dejado a su paso, dando saltitos sobre las patas, acercándose cada vez más al chico, despacito y sin hacer ruido.

Finalmente el pájaro se detuvo al otro lado de la pata de la mesa. Hollín lo oía respirar, aterrado.

El fantasma alargó la mano hasta el tablero de la mesa de billar y, procurando no hacer ruido, cogió un taco de billar para defenderse. Sin embargo, el taco de madera golpeó el borde de la mesa y Wagner saltó a un lado.

¡CRUAAAJ!

Sus graznidos eran ensordecedores.

Hollín le apuntó con el taco de billar, pero Wagner se lo arrancó de las manos con el pico y lo partió en dos.

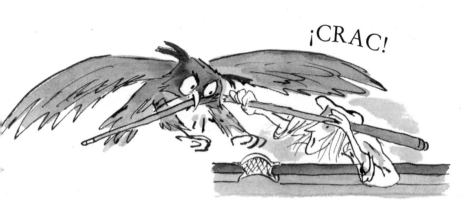

¡CRAC!

Hollín, mientras tanto, aprovechó para quitarse de en medio y subirse a la mesa de un salto. Sobre el tapete había muchas bolas de billar de distintos colores. En su breve vida como limpiachimeneas, Hollín no había tenido ocasión de aprender para qué servían aquellas bolas, pero en ese momento se le ocurrió un buen uso para ellas. Cuando el búho se encaramó a la mesa de billar y se plantó frente a él, rasgando el paño verde con sus afiladas garras, Hollín cogió una de las bolas blancas y se la tiró con todas sus fuerzas. Lástima que el búho tuviera tan buenos reflejos y la cogiera al vuelo. Hollín no pudo evitar observarlo, fascinado, mientras Wagner aplastaba la bola con toda parsimonia.

CHOF.

El pájaro había reducido a polvo la bola de billar.

El fantasma se bajó de un salto y corrió hacia la puerta. El búho echó a volar desde la mesa y fue tras él. Hollín iba arrojándole todos los objetos que encontraba a su paso: sillas, libros, cuadros, hasta una mesa de centro. Pero el búho se limitaba a apartar todas esas cosas con sus grandes alas, de tal modo que se estrellaban contra las paredes y caían al suelo hechas añicos.

¡CRAC!

Finalmente, Hollín alcanzó la puerta. Le temblaban las manos, y logró abrirla justo a tiempo. Miró a su espalda y vio al búho volando a toda velocidad en su dirección, estirado y con las alas pegadas al cuerpo para surcar el aire veloz como una bala.

Hollín cerró la puerta a su espalda.

¡PAM!

Un segundo después se oyó un tremendo

¡PLAF!

El pájaro se había empotrado contra la puerta.

Desde el pasillo, Hollín se permitió sonreír sin soltar el pomo de la puerta, pues estaba decidido a no dejar salir al aterrador búho.

¡CATAPLUM!

La puerta tembló a causa del impacto.

El fantasma no podía creerlo.

El búho trataba de echar la puerta abajo.

¡CATAPLUM!

Hollín oyó un batir de alas otra vez, señal de que Wagner había echado a volar. Estaba claro que describía círculos en torno a la sala de billar para coger impulso y volver a intentarlo.

Hollín sujetó el pomo de la puerta con fuerza.

¡CATAPLUM!

Esa vez la gruesa puerta de madera se abombó.

Hollín decidió huir. Mientras corría pasillo abajo, el gran búho de las montañas de Baviera logró por fin abrirse paso reventando la puerta.

¡BUUUUUUM!

Las astillas de madera volaron en todas las direcciones...

¡PATAPLOF!

... y Wagner se dio de morros contra el suelo. El búho se quedó allí tendido, inmóvil. ¿Se habría dejado fuera de combate a sí mismo? Mareado estaba, desde luego.

El fantasma recorrió el pasillo de puntillas, se metió en la primera habitación que encontró y cerró la puerta sin hacer ruido. Era el cuarto de juegos. Había un antiguo caballito balancín junto a la ventana y una gran maqueta de tren en el suelo. También había libros grandes con muchos dibujos, ositos de peluche, muñecas, soldaditos de plomo, una enorme caja de canicas, coches de juguete e incluso un perrito con ruedas. Aquella era la habitación preferida de Hollín, con diferencia. Ni él ni los demás niños del asilo de pobres habían tenido jamás ni un solo juguete, así que aquello le parecía un lugar mágico.

Pero, por más que deseara quedarse allí jugando, sabía que no podía, así que se abrió paso hasta la chimenea y trepó por su interior.

De vuelta en el laberinto oscuro de los conductos, se propuso encontrar a su amiga Stella. Tenía que ponerla sobre aviso. La tía Alberta no había estado todo el rato durmiendo arriba, en su cama, como ellos creían.

De golpe, Hollín supo exactamente dónde estaba la mujer, y también que su amiga corría gran peligro.

28

Al abrigo de la oscuridad

Veamos, ¿os gustaría saber qué cultivaba la tía Alberta en su invernadero?

Me lo figuraba.

El invernadero quedaba al final de una larga pendiente ajardinada que se extendía frente a Saxby Hall. Alberta había pintado los cristales de todas las ventanas y había puesto un enorme candado metálico en la puerta. Stella tenía prohibido poner un pie allí, al igual que todos los demás miembros de la familia. Nadie tenía permiso para hacerlo, ni siquiera Wagner. En cierta ocasión, siendo pequeña, Stella había preguntado a su tía cómo podían crecer las plantas sin luz natural, y Alberta le había contestado que esas plantas en concreto solo crecían en la oscuridad. Esta misteriosa respuesta solo sirvió para avivar la curiosidad de la niña, pero Alberta protegía celosamente su invernadero, y Stella nunca consiguió echarle un vistazo siquiera.

En realidad, Alberta llevaba diez años cultivando un Ficus mortensis en el invernadero con la intención de emplear sus semillas venenosas. Aquella era solo una de las  muchas plantas raras que Alberta había cultivado al abrigo de la oscuridad durante décadas. Eran especies secretas, que muy pocas personas conocían en todo el mundo. Y todas eran tan mortales que Alberta tenía que ponerse gruesos guantes de cuero para cuidarlas.

He aquí algunas de las plantas que Alberta cultivaba en su invernadero:

- Rosa negra. Una flor preciosa, pero mucho cuidado con pincharse con una de sus espinas, pues contienen un veneno tan poderoso que podría matar a un elefante.

- Peral del demonio. Estos frutos de color morado que cuelgan de las ramas os hincarían el diente antes de que pudierais hincárselo vosotros.

- Arbusto *constrictor*. Según cuenta la leyenda, las ramas de este arbusto podrían estrangular a un hombre hecho y derecho.

- Helechos de ultratumba. Se cree que estas plantas se quemaban en antiguos rituales de magia negra.

- Musgo de las brujas. Un tipo de musgo que puede producir asfixia e incluso causar la muerte con su olor tóxico.

- Lirios viperinos. Conocidos por hablar mal de ti en voz baja cada vez que te das la vuelta, hasta que poco a poco te van volviendo loco.

- Abetos errantes. Famosos por vagar en la oscuridad antes de abalanzarse sobre sus víctimas.

- Hortensias hipnóticas. Podrían usarse para ayudar a perder peso o dejar de fumar, pero también pueden emplearse para hipno-tizar a alguien y obligarle a cometer los peores crí-menes imaginables.

- Arandañino. Su dulce aroma podría llevarnos a creer que son comesti-bles, pero un bocadito es suficiente para provocar la muerte instantánea.

 • Orquídea escupidera. Cuando te agachas para oler su perfume, te escupe un chorro de savia tóxica.

Pero volvamos a nuestra historia. En ese instante, el inspector Strauss sudaba la gota gorda en la cocina.

El hombre había mencionado el *Ficus mortensis* como parte de una supuesta declaración policial de Stella. ¿Cómo demonios podía saber algo así? Stella sospechaba que sus padres habían muerto envenenados, pero se le escapaba cómo. Ahora, sin embargo, todo empezaba a encajar. Semillas molidas de *Ficus mortensis*, eso debía de ser lo que Alberta había echado al té de la familia aquella mañana fatídica. Por eso Stella se desmayó. Y por eso se estrelló el Rolls Royce. Sus pobres padres estaban condenados a morir.

El inspector Strauss se había delatado. Sabía más de lo que había dado a entender. Muchísimo más.

El hombre seguía apuntando a la niña con la estilográfica, apremiándola para que estampara su firma en el documento.

—Firme la declaración de una vez, señorita, aquí.

—¡No! —Stella se sentía cada vez más segura—. ¿Cómo sabe usted que mi tía cultiva plantas raras?

El hechizo se volvía contra el hechicero, ¡y ahora era Stella quien interrogaba al inspector!

—¡Eso se lo ha inventado usted, señorita! ¡Yo no he dicho nada de ningún *Ficus mortensis*!

—¡Sí que lo ha hecho! —insistió Stella.

El inspector sudaba tanto que su tupido bigote empezó a... despegarse. Al parecer, el sudor había reblandecido la cola que lo sujetaba, y ahora le colgaba del labio superior.

—¡Se le está cayendo el bigote! —exclamó la niña.

—¡No diga tonterías, señorita! ¡Me lo he dejado crecer esta misma mañana! —El hombre se giró y recolocó aquella cosa que llevaba pegada bajo la nariz. Cuando se volvió de nuevo se las había arreglado para pegarlo otra vez, pero patas arriba.

—¡Lo lleva al revés! —gritó la niña.

Mientras el inspector se toqueteaba el falso bigote, cada vez más nervioso, Stella le arrebató la hoja de papel de las manos y la leyó tan deprisa como pudo. Aquello no era una declaración policial, ni mucho menos, ¡sino la escritura de Saxby Hall! La misma escritura que la bruja de su tía pretendía hacerle firmar para cederle la propiedad de la casa.

—¡Eres tú, ¿verdad?! —exclamó la niña.

—Muy bien, criatura: sí, soy yo —susurró la malvada mujer, arrancándose las gafas de montura gruesa que formaban parte de su disfraz—. Tu querida tía Alberta.

29

Un peluquín que pone los pelos de punta

—¡Es la tía Alberta disfrazada! —gritó Hollín, aterrizando bruscamente en la chimenea de la cocina, envuelto en una nube de polvo negro.

—¡Sí, lo sé! —replicó Stella sin pensarlo—. Acaba de caérsele el bigote.

Los penetrantes ojos negros de la tía Alberta recorrieron la habitación.

—¿Con quién hablas, criatura? —preguntó—. ¡Dímelo! ¿CON QUIÉN?

Stella se dio cuenta de que Alberta miraba directamente al fantasma pero no lo veía.

—¡Con nadie! —contestó la niña. Stella estaba decidida a no desvelar su arma secreta.

—¿Cómo que con nadie? —La desconfianza de la tía Alberta crecía—. Te has vuelto hacia allí y has hablado como si hubiera alguien.

La mujer sentó a Stella de un empujón y luego se fue a grandes zancadas hasta la chimenea y se asomó al hueco. Hollín se hizo a un lado y apretó los labios.

—¿Hola? —gritó Alberta por el conducto.

La palabra resonó en el interior de la chimenea. «Holaaa, holaaa, holaaa...» Al oírlo, la mujer no se resistió a gritar «¡Eco!».

Y una vez más, la palabra resonó en la chimenea: «Eco, ecooo, ecooo...».

—¡No hay nadie ahí arriba! —exclamó la niña.

—Entonces ¿con quién hablabas? —preguntó la tía Alberta.

Stella tenía que inventarse algo, y rapidito.

—¡Con mi amigo imaginario!

La mujer se fue de nuevo hacia ella como una apisonadora.

—«Mi amigo imaginario...» —repitió, imitando la voz de su sobrina—. ¡Eso es cosa de bebés! —Al parecer, se lo había tragado—. ¡Yo no he tenido un amigo imaginario desde hace por lo menos cinco años! ¿Y cómo se llama?

Stella dijo el primer nombre que le vino a la cabeza.

—King Kong.

Era el título de una película que había ido a ver con su padre ese año. No tenía ni idea de por qué se le había ocurrido en ese momento.

—¿Y cómo es ese tal King Kong? —preguntó Alberta.

—Es un gorila gigante.

Stella sabía que aquello sonaba de lo más absurdo, pero era demasiado tarde para echarse atrás.

Además, los amigos imaginarios vienen en todas las medidas, formas y colores, y a menudo son seres de lo más estrambóticos:

**UNA PRINCESA
DE LA ÉPOCA
MEDIEVAL**

**UN
MARCIANO**

UN DUENDE

UN ELFO

**UN OSITO
DE PELUCHE
PARLANTE**

**EL MONSTRUO
QUE VIVE
DEBAJO DE
LA CAMA**

UN DRAGÓN
AMISTOSO

UN CABALLERO
CON ARMADURA

UN NIÑO
CAVERNÍCOLA

UN
CANGURO

EL MUÑECO
DE UN
VENTRÍLOCUO

KING KONG

Alberta se reía de su sobrina por haber elegido a King Kong como amigo imaginario.

—¡Así que te dedicas a hablar con un gorila gigante! Ya no deberías andarte con esas tonterías. ¿Cuántos años tienes, criatura?

—Cumpliré trece el día de Nochebuena.

—Ah, sí. Por supuesto. Solo quedan dos días —reflexionó Alberta—. Por cierto, ¿es el mismo amigo imaginario con el que estabas hablando anoche en el garaje? —prosiguió la mujer.

—¿Me-me oíste?

Stella no podía creer que la hubiese espiado.

—¡Ya lo creo! —exclamó la mujer con una sonrisita malévola—. Todas y cada una de tus palabras.

Alberta sacó la pipa del bolsillo y la encendió. Luego, con parsimonia, dio unas pocas caladas al tabaco de olor dulzón. Estaba claro que quería saborear ese momento de gloria y presumir de lo listísima que era. Entonces se oyó un sonoro aleteo en el pasillo, y Alberta apartó los ojos de su sobrina por unos instantes. Aprovechando el descuido, Stella se volvió hacia Hollín y le indicó por señas que se escondiera. El fantasma asintió y, justo antes de que el búho entrara volando por la puerta, se escabulló por el hueco de la chimenea.

—Ah, buenos días, querido —saludó la tía Alberta mientras el pajarraco se posaba en su brazo. La mujer le plantó un largo beso en el pico. El búho batió las alas e inclinó la cabeza. Volviéndose de nuevo hacia Stella, la tía dijo—: Anoche salí al jardín para dar los últimos toques a mi mochuelo de nieve.

—¿Tu... mochuelo de nieve? —preguntó Stella.

—Eso es —respondió la mujer—. ¿No has oído hablar de los mochuelos de nieve? Son como los muñecos de nieve, pero un poco más, cómo lo diría... —¿Más como un búho? —aventuró la niña.

—¡Exacto!

Stella había visto la enorme mole de hielo en el jardín, pero nunca habría sospechado que su tía pretendía esculpir un búho en la nieve. Al parecer, la obsesión de Alberta por esos pájaros cabezones no conocía límites.

—Vi que había luz en el garaje, y me pareció extraño. Cuando me acerqué, oí tu voz y me di cuenta de que te habías escapado del sótano. ¿Quieres explicarme cómo lo hiciste?

Una vez más, Stella tenía que pensar deprisa. No quería que su tía supiera que había usado la chimenea como vía de escape, por si le daba por cegar todas las de la casa.

—Hummm... ¡Encontré una llave de recambio en el suelo del sótano!

Alberta la miró entornando los ojos.

—¿Me lo dices en serio?

—Que s-s-sí. Y entonces subí la escalera de puntillas y fui a ver qué le había pasado al Rolls Royce. Pensé que estarías durmiendo y no quería despertarte.

—Hummm... —musitó la mujer—. ¡No sé cómo esperas que me crea semejante patraña! Luego te oí hablando sobre el té envenenado. Tenía que averiguar qué sabías exactamente, así que me arrimé a la puerta para oír todo lo que decías. Debí de apoyarme demasiado, porque la puerta se abrió de sopetón.

—¡Me acuerdo! —exclamó la chica. Todo empezaba a encajar en su mente, y comprendió por qué Alberta había ideado aquel rocambolesco plan y se había disfrazado de inspector de policía.

—Sí, criatura, a punto estuviste de pillarme con las manos en la masa. Pero saliste a cerrar la puerta, y yo me quedé escuchando al otro lado. Entonces dijiste que pensabas llamar a la policía. ¡Niña mala! Mira que hacerle eso a tu tía, vergüenza debería darte... —La mujer chasqueó la lengua y sonrió con aire malicioso—. Fue entonces cuando se me ocurrió este ingenioso plan.

—¿Así que cortaste la línea telefónica? —preguntó Stella—. ¡Ya me parecía que no había tono!

—Exacto. Luego descolgué el teléfono de mi habitación y primero me hice pasar por la operadora, y luego por la policía. Este traje que llevo puesto lo encontré olvidado en el fondo del armario de tu padre. ¡Él ya no va a necesitarlo, ja, ja, ja!

—¡Eres de lo peor que hay!

—¡Lo sé! Y decidí llamarme Strauss* en honor al segundo de mis compositores alemanes favoritos. El bigote es una pluma de búho recortada, teñida con tinta y pegada con cola. En cuanto al peluquín, despellejé a una rata que estaba reservando para dar de comer a Wagner, recorté la piel con unas tijeras para que me encajara en la cabeza y luego me  la sujeté con unas horquillas. —Alberta se quitó aquella cosa de un tirón, descubriendo así su mata de pelo rojo. Stella miraba horrorizada el peluquín de su tía, que le puso todos los pelos de punta, sobre todo cuando se dio cuenta de que la mujer no se había molestado en cortar la cola de la rata—. ¡Luego solo tuve que desenganchar el sidecar de la motocicleta y listos! ¿A que soy un genio?

---

* Johann Strauss es un famoso compositor alemán, autor del vals «Danubio azul». No confundir con Johanna Strauss, que nunca compuso ni una sola nota, pero hacía unos pasteles tremendos.

La tía Alberta parecía sentirse muy orgullosa de sí misma.

—¡De eso nada! —replicó Stella.

La mujer la miró con cara de pocos amigos.

—¿Cómo que no?

—No eres tan lista, tía Alberta. Te delataste tú sola. ¡Se te escapó que habías molido las semillas de una de esas plantas venenosas que tienes en el invernadero y que las habías echado al té la mañana del accidente!

—Era el plan perfecto. Envenenaros a todos y luego echarle la culpa al accidente de tráfico —dijo la tía Alberta como si tal cosa, aunque añadió en un tono más serio—: Pero cuando vi que habías sobrevivido pensé que lo habías echado a perder.

—¡Ya decía yo que el té sabía raro! —exclamó la niña—. Tiré el mío en una maceta.

—Me preguntaba de qué habría muerto mi begonia —murmuró Alberta—. El caso es que, cuando el albacea leyó el testamento de tu padre, me di cuenta de que te necesitaba con vida, al menos hasta lograr que me cedieras la propiedad de Saxby Hall. No puedo creer que el imbécil de mi hermano dejara escrito que, si tú te morías, había que vender Saxby Hall y donar todo el dinero a los pobres. ¿A quién le importan esos palurdos mugrientos?

La niña la miraba boquiabierta.

—¡Quiero que sepas, tía Alberta, que nunca te saldrás con la tuya!

—Ah, ¿no? —canturreó la mujer.

—¡No, porque nunca te cederé la propiedad de Saxby Hall! ¡Nunca! ¡Jamás de los jamases! —exclamó Stella—. ¡Puedes hacer lo que quieras conmigo, pero Saxby Hall nunca será tuyo!

Alberta la miró con una sonrisita malvada. Era como si todo aquello no fuera más que un juego para ella.

—En ese caso, criatura, prepárate para conocer... ¡el potro!

30

El potro de tortura

El potro era un artilugio que la tía Alberta había diseñado con sus propias manos. La mujer lo había construido justo antes de apuntar a Wagner en la Exhibición Anual de Búhos, también conocida como EAB, un concurso de belleza para aves de esta especie, como los que se hacen con perros.

Eran muchas las categorías en las que se podía competir:

* El plumaje más suave
* El pico más brillante
* El cuello más flexible
* El búho más alto
* La mayor envergadura (distancia entre las alas)

* El ululato más potente
* El huevo más grande
* Las cejas más pobladas
* Las garras más afiladas
* Las mejores acrobacias aéreas
* Número de roedores engullidos por minuto
* Las cagarrutas de olor más agradable

Alberta, por supuesto, aspiraba a quedar la primera en todas las categorías, y eso incluía el premio al búho más alto. Tal como ocurría con el juego de las pulgas saltarinas, no dudaba en hacer trampas para ganar. Como estaba suscrita a *La gaceta buhonera*, sabía que había un famoso criador de búhos en Suecia, Oddmund Oddmund, que tenía un búho noruego llamado Magnus. Le daba una tonelada de arenques en vinagre todos los días, y el animal ya medía más de metro veinte de estatura.

Aunque se pusiera de puntillas, Wagner no pasaba de metro diecinueve, así que no tenía la menor posibilidad de ganar en esa categoría, una de las más populares.

Fue entonces cuando la retorcida mente de Alberta ideó el potro y se puso a construirlo en secreto. Se trataba de un mecanismo endemoniadamente sencillo. Para conseguir que un búho fuera más alto, solo había que seguir tres pasos:

1. Atar al búho por las patas y las alas.
2. Girar la manivela del torno.
3. Volver a girar la manivela del torno.

Wagner graznó hasta desgañitarse la primera vez que su dueña lo ató al potro. Que te estiraran las extre-

midades dolía lo suyo, y ganar la medalla de oro al búho más alto en la EAB no era tan importante para él como para Alberta, pero su opinión apenas contaba.

Al final resultó que Magnus, el único búho que podía hacerle sombra a Wagner en la categoría de estatura, había engordado tanto por comer una tonelada de arenques en vinagre todos los días que entró en

la sala rodando empujado por su dueño, Oddmund Oddmund. Esto, por supuesto, le costó la descalificación automática, pues, según las estrictas reglas de la EAB, todos los búhos tenían que entrar volando en el recinto de la exhibición. Oddmund Oddmund apeló ante los jueces y trató de demostrar que Magnus podía volar disparando al rechoncho búho por la boca de un cañón. Por desgracia, Magnus fue a caer sobre la mesa de los jueces, tres de los cuales murieron aplastados bajo su peso. A partir de ese instante, prohibieron a Oddmund Oddmund participar en futuras competiciones de búhos.*

Wagner se llevó el primer premio en la categoría de estatura, junto con una pila de otras estatuillas con forma de búho.**

Ahora, la malvada Alberta pensaba usar el potro para torturar a su propia sobrina. Si el terrible artilugio no conseguía que le cediera la propiedad de Saxby Hall, nada lo conseguiría. Alberta guardaba el aparato en un diminuto desván del ático donde no había más muebles que un viejo armario ropero. Stella ni siquiera sabía que aquella habitación existiera.

---

* Desde entonces, Oddmund Oddmund se dedicó a criar pingüinos, y hasta la fecha nadie ha podido superar su récord mundial como dueño del pingüino más gordo que haya vivido jamás. El animal en cuestión se llamaba Agneta y pesaba seis toneladas (más o menos lo mismo que un elefante africano).
** También conocidas como «estabuhillas».

En el desván, Alberta ató a Stella al potro de tortura. Por más que la niña se debatiera con todas sus fuerzas, en cuanto su tía logró atarla de pies y manos, quedó inmovilizada. Wagner asistía a todo desde la repisa de la ventana, removiéndose sin parar, nervioso ante la mera visión del potro. Stella se dio cuenta de que, más allá del cristal, la tormenta de nieve volvía a descargar con fuerza.

Una sonrisa cruel iluminó la cara de la tía Alberta mientras giraba el torno, estirando las piernas y los brazos flacuchos de la niña en direcciones opuestas.

–¡¡¡Aaaaaayyyyyy!!!
—aulló Stella.

—¡Firma el documento! —exigió Alberta.

—¡Jamás! —replicó Stella, pese al dolor.

—¡Que lo firmes!

Alberta volvió a girar la manivela.

–¡¡¡Aaaaaayyyyyy!!!

Wagner se tapó los ojos con las alas. Tal vez no soportara ver a una niña sufriendo, o tal vez la escena le recordara su propia experiencia en el potro, pero el caso es que el búho lo estaba pasando mal.

—Muy bien, criatura, no tendré más remedio que dejarte atada en el potro sin comer ni beber. Y cada vez que venga a verte tensaré un poco más las cuerdas, hasta arrancarte los brazos y las piernas de cuajo.

Era una imagen aterradora. Stella les tenía bastante cariño a sus extremidades, pero estaba decidida a hacer de tripas corazón.

—Antes o después te rendirás, criatura —dijo la tía Alberta.

—¡De eso nada! ¡Jamás! —exclamó Stella.

—Ya lo creo que sí... —replicó su tía—. Ya sea esta noche, mañana o pasado, o al otro día, pero acabarás rindiéndote. Suplicarás que te deje firmar la cesión de la propiedad. ¡Y entonces Saxby Hall será mío al fin! ¡Solo mío!

—¡Eres un monstruo! —gritó la niña.

Alberta se lo tomó como un cumplido.

—Vaya, gracias. ¿Un monstruo, dices? No estoy segura de que me lo hayan dicho nunca. ¡Qué gran halago! Veamos, antes de irme, voy a darle otra vueltecita al tornito...

Esa vez, Alberta tiró de la manivela con todas sus fuerzas. Los brazos y las piernas de Stella parecían a punto de desgajarse del resto del cuerpo.

—¡¡¡¡¡¡AAAaaaaaaAYYYYYYYY YYYYYYYYYYYYYYYYYY¡!!!!!

—chilló la niña. Nunca había sentido un dolor igual. Se retorció como si la hubiese alcanzado un rayo.

—¡Chaíto! —se despidió Alberta entre risas—. ¡Wagner!

Obediente, el búho se posó en el brazo de su dueña, y salieron los dos de la habitación. La niña oyó a Alberta cerrando la puerta con llave, y luego los pasos de ambos se alejaron escaleras abajo.

—¡Hollín! —llamó en susurros.

El chico salió de la chimenea. Parecía disgustado.

—Cuánto lo siento, milady. Quería ayudarte, pero no podía dejar que me descubrieran.

—Has hecho bien, Hollín. Ahora sácame de aquí.

El chico se fue corriendo hacia el potro de tortura y empezó a girar la manivela.

—¡AAAYYY! —gritó Stella—. ¡Hacia el otro lado!

—¡Perdón! —se disculpó Hollín, y giró la manivela rápidamente en la dirección opuesta, destensando así los pobres brazos y piernas de la niña.

Con dedos temblorosos, liberó los pies y las manos de Stella de las correas de cuero que la sujetaban. La niña se levantó, tambaleándose un poco.

—Debo decir que te veo más alta, milady —observó el fantasma.

—¡Ah, en ese caso ha valido la pena! —replicó Stella con ironía.

—¿Qué vamos a hacer ahora, milady?

Stella se lo pensó un momento, y una sonrisa iluminó su rostro aún mojado por las lágrimas.

—¡Contraatacar!

31

Hormigas en las bragas

El razonamiento de Stella era sencillo. Tenía que pelear si quería echar a Alberta de su casa. Para siempre. La malvada mujer había matado a sus padres y estaba dispuesta a todo —incluida la tortura— con tal de obligar a su sobrina a cederle la propiedad de Saxby Hall.

En el desván del ático, Stella y Hollín empezaron a planear las artimañas más diabólicas que se les ocurrían para espantar a Alberta. ¡Su objetivo era conseguir que la mujer huyera de Saxby Hall corriendo como alma que lleva el diablo!

Al principio, a Stella no se le ocurría nada, lo que no era de extrañar, teniendo en cuenta que la habían educado para que se comportara como una princesa,

que vivía en una mansión rodeada de jardi-
nes y que iba a una escuela para niñas muy
repipis.

—¿Y si le escondemos un calcetín de cada par? ¡Así,
cuando se los vaya a poner por la mañana, estarán todos desparejados! —exclamó Stella.

Hollín la miró con una cara que lo decía todo. El
chico nunca había tenido siquiera un par de calcetines, así que la idea de torturar a Alberta obligándo-
la a llevarlos desparejados le pareció un inmenso dis-
parate.

—Con el debido respeto, milady, ¡eso es una bo-
bada!

Stella se ofendió.

—¡Bueno, pues a ver qué se te ocurre a ti!

Hollín se lo pensó unos instantes. Se había criado
en un asilo de pobres, donde solo los más duros so-
brevivían. En los años que pasó allí, había visto a los
chicos hacerse toda clase de trastadas crueles entre sí.

—¡Le ponemos hormigas en las bragas!

—¿Hormigas en las bragas? —preguntó la niña.

—Ajá. ¡Eso para empezar!

Por unos instantes, Stella pareció horrorizada ante la idea, pero poco a poco empezó a verle la gracia, y al poco trataba de superar la ocurrencia de Hollín.

—¡Podemos tirar una bolsa de canicas en el suelo de su habitación!

El fantasma fue más allá todavía:

—¡Hacer que explote su pipa!

En tan solo unos minutos, habían elaborado una larga lista de diabluras:

- Meter un puñado de hormigas en su cajón de las bragas.
- Esparcir canicas por el suelo de su habitación. Había una gran caja de canicas en el cuarto de los juegos.
- Sacar todo el tabaco de su pipa y sustituirlo por la pólvora de un cartucho de escopeta que había en el escritorio del padre de Stella.
- Mezclar las sales de baño efervescentes de la madre de Stella con la pasta de dientes de Alberta.

- Hacer un corte en su pastilla de jabón y meter dentro betún negro del que había en la cocina para abrillantar zapatos.

- Ir hasta el garaje y coger un trozo de cristal roto del parabrisas del Rolls Royce. Luego ponerlo dentro del váter de Alberta, para que cuando se sentara a hacer pipí el chorro saliera rebotado hacia arriba ¡y la mojara toda!

Los dos amigos se lo estaban pasando tan bien elaborando la lista que podrían haber seguido así hasta el alba. Pero no había tiempo que perder, así que se pusieron manos a la obra. Desde la planta de abajo se oían los ronquidos de la tía Alberta, por lo que sabían que estaban a salvo; al menos, de momento.

La diminuta chimenea del desván sería su vía de escape. Era muy estrecha, pero desde allí podían acceder a la amplia red de conductos de Saxby Hall. Juntos se colarían en todas las habitaciones de la casa. Siguiendo a Hollín, Stella se introdujo en la estrecha chimenea, en la que apenas cabía su cuerpo menudo.

Se pasaron toda la noche subiendo y bajando por la compleja red de túneles y chimeneas, reuniendo todo aquello que necesitaban para hacerle unas cuantas trastadas a la malvada tía de Stella.

Justo cuando estaban esparciendo canicas en la moqueta de la habitación de Alberta —que dormía plácidamente con su querido búho acurrucado en la cama junto a ella—, Stella se dio cuenta de que un cálido resplandor iluminaba las cortinas desde fuera, lo que quería decir que estaba saliendo el sol. Los dos amigos se escabulleron rápidamente por la chimenea de la habitación y subieron de nuevo hasta el desván. Una vez allí, Hollín ató a Stella al potro de tortura otra vez, para que la tía Alberta pensara que su sobrina no se había movido de allí en toda la noche.

En la planta baja, el reloj de pie dio las seis y despertó a Alberta.

¡DONG! ¡DONG! ¡DONG! ¡DONG! ¡DONG! ¡DONG!
¡La diversión estaba asegurada!

32

«¡Mi pompis! ¡Mi pompis!»

La tía Alberta se incorporó en la cama y despertó de un codazo a Wagner, que vestía un pijama a rayas idéntico al suyo. Había llegado el momento de volver a apretar las tuercas del potro y centrarse en la importante tarea de torturar a su sobrina.

Alberta fue a levantarse, pero en lugar de poner los pies en la moqueta, como todas las mañanas, los puso sobre un mar de canicas. Las pequeñas esferas de vidrio rodaron bajo su peso y...

¡FIUUU!

... Alberta salió volando y aterrizó de culo con un enorme...

¡CATAPLÁN!

—¡AY! —gritó la mujer, y cogió varias canicas—. ¿Cómo diantres habrán venido a parar aquí?

Alberta intentó levantarse del suelo una y otra vez, pero en cuanto lo hacía volvía a caerse. Los cientos de pequeñas canicas la hacían rodar como una peonza en todas las direcciones. Al final, se puso a cuatro patas y se arrastró hasta el cuarto de baño. Se sentó en el váter y enseguida notó una gran sensación de alivio, aunque le duró poco, ¡pues notó que su propio pipí rebotaba hacia arriba en lugar de caer hacia abajo! Con el trasero encharcado y los pantalones del pijama enrollados en torno a los tobillos, se levantó de un brinco, gritando:

—¡¡¡Noooooo!!!

Alberta respiró hondo para tranquilizarse, y luego inspeccionó la taza de váter. Por más que mirara, no entendía qué había pasado. Los dos amigos habían puesto el trozo de cristal justo por encima del nivel del agua, para que no se viera ni levantara ninguna sospecha. Así que Alberta se sentó en el váter y lo intentó de nuevo.

—¡¡¡Noooooooo!!! —chilló la mujer al notar que su propio pipí se empeñaba en volver por donde había salido.

Con la vejiga a punto de reventar, pero sin atreverse a intentarlo de nuevo, Alberta se fue hasta el lavamanos para asearse. Abrió los grifos y mojó la pastilla de jabón bajo el chorro de agua. Luego cerró los ojos y se frotó bien la cara, creyendo que se la estaba enjabonando a conciencia. Menuda sorpresa la esperaba. Cuando abrió los ojos y se miró en el espejo, vio lo que le pareció un desconocido observándola con todo descaro. En realidad era su cara embadurnada de betún negro.

—¡¡¡NNNNNNNNNNNNOO OOOOOOOOOO!!! —gritó, fuera de sí.

Por más que intentaba quitarse el betún enjabonándose la cara una y otra vez, solo conseguía que el problema fuera a más. Las manos y el cuello también se le habían puesto negros como la pez. Alberta se llevó la pastilla de jabón a la boca y la probó.

—¡Puaaaj! ¡Esto es betún!

Entonces se dio cuenta de que también tenía la lengua negra. Con la intención de limpiársela, cogió el tubo de la pasta de dientes y se echó en el cepillo lo que creía que era pasta dentífrica con sabor a menta, su preferida. Pero, claro está, por entonces ya tenía la mosca detrás de la oreja, así que justo antes de llevarse el cepillo a la boca se detuvo y lo olisqueó. Olía a pasta de dientes mentolada, así que la mujer empezó a frotarse la lengua negra.

En cuanto lo hizo, las sales de baño efervescentes que Hollín y Stella habían mezclado con la pasta de dientes empezaron a formar pompas, enormes y jabonosas pompas que brotaban de su boca sin parar. Cuanto más se cepillaba Alberta la

lengua, más pompas echaba por la boca, y no tardaron en llenar todo el cuarto de baño.

—¡Esto es obra del demonio! —bramó.

Arriba, en el desván, Stella y Hollín celebraban con una nueva carcajada todos y cada uno de los alaridos que soltaba la mujer.

De vuelta en su habitación, Alberta echó una manta por encima de las canicas para poder abrirse paso hasta la cómoda donde guardaba la ropa. Decidida a averiguar quién estaba detrás de aquello, se vistió a toda prisa. Primero se puso unas bragotas de las suyas, que bien podrían servir como tiendas de campaña. Nada más ponérselas, notó una extraña sensación de cosquilleo. El cosquilleo se convirtió en un picor insoportable, hasta que Alberta creyó tener el pompis en llamas.

—¡Mi pompis! ¡MI POMPIS! —chilló, y se puso a dar brincos por toda la habitación entre grandes aspavientos. Era como si se hubiese propuesto inventar un nuevo y ridículo baile. Wagner se había incorporado en la cama y observaba la escena.

Había visto a su dueña hacer cosas bastante raras a lo largo de los años, pero aquello se llevaba la palma.

Las hormigas en las bragas habían tenido el efecto deseado.

A trancas y barrancas, la mujer se fue hasta el sillón y cogió su pipa. Fumar siempre hacía que se le pasaran las penas. La tía Alberta se llevó la pipa a los labios y acercó una cerilla encendida a la cazoleta del tabaco. Pero lo que había allí dentro no era tabaco, sino pólvora.

¡¡¡BUUUUM!!!

33

El juego del gato y el ratón

Decir que la mujer no se había despertado con buen pie sería quedarse muy corto. La tía Alberta estaba que ECHABA HUMO, literalmente. Con la boca llena de espumarajos, la cara embadurnada de betún, el pelo chamuscado a causa de la explosión y un nido de hormigas correteando por sus bragas, subió la escalera a grandes zancadas.

Sabía que todo aquello solo podía ser cosa de su sobrina.

Entró en el desván de sopetón en un intento de pillar a la niña con las manos en la

masa, y cuál no sería su sorpresa cuando vio a Stella tal como la había dejado, atada al potro de tortura.

Al ver el estrafalario aspecto de su tía, que se contoneaba en paños menores como si hubiese perdido la chaveta, la niña no pudo evitar reírse.

—¿Te parece gracioso? —preguntó Alberta, sin esperar respuesta.

—Uy, no, qué va —replicó Stella—, ¡es más bien DESTERNILLANTE! —Y rompió a reír a carcajadas—. ¡JA, JA, JA!

—Bueno, ¡a lo mejor esto también te parece desternillante! —dijo la mujer, y giró la manivela del torno una y otra vez.

—¡AAAAAAAAAAAAAAAAAAAA AAAAAYYYYYYYYY! —chilló la niña.

—¡Veo que se te han pasado las ganas de reír!

—Sí —dijo la niña entre dientes—, ¡pero sigue siendo cómico!

Alberta estaba que mordía, y volvió a girar la manivela. Los brazos y las piernas de Stella se estiraron bruscamente.

Por desgracia, el plan no había funcionado. Alberta no se había marchado corriendo de Saxby Hall, sino que estaba hecha una furia.

—Sé que has sido tú la que me ha hecho todas esas trastadas, pero ¿cómo has podido, criatura? Te até al potro con mis propias manos, y la puerta estaba cerrada con llave por fuera. No había escapatoria.

—No sé de qué me hablas —replicó la niña.

—Sabes muy bien de qué te hablo —dijo la tía Alberta en susurros. Se inclinó hasta pegar su rostro al de la niña y la miró a los ojos—. Sé que mientes.

La mujer recorrió el desván en busca de pistas. Primero se asomó al ventanuco para ver si había alguien colgado de la repisa cubierta de nieve. Luego se fue hacia el enorme armario de roble que había en el desván y lo abrió de un tirón, pero se llevó un gran chasco al comprobar que no había nadie dentro. Alberta miró a su sobrina de refilón, y en ese momento Stella miró a la chimenea sin querer. ¡No! Había vuelto a delatarse. Allí estaba Hollín, plantado junto a la chimenea, observando el juego del gato y el ratón.

—Ajá... —susurró la mujer—. Veo que tenía razón. Hay algo en la chimenea.

—No sé de qué me hablas —farfulló la niña.

—Mientes muy mal, criatura.

—¡De eso nada! —protestó Stella, y nada más decirlo se sintió muy confusa, porque no le parecía que fuera bueno eso de negar que mentía muy mal. Eso solo podía querer decir que se le daba bien mentir.

—Ayer, en la cocina, también miraste hacia la chimenea —continuó Alberta—. ¡La respuesta a todo esto está ahí dentro, lo sé!

La mujer se acercó a la chimenea sin hacer ruido. Hollín, que era invisible para ella, se hizo a un lado.

Mientras Alberta se ponía a cuatro patas para asomarse al hueco de la chimenea, el fantasma tuvo una idea.

Se fue corriendo hacia el armario, se coló entre la parte de atrás del mueble y la pared, y lo empujó con todas sus fuerzas hacia delante. Cuando oyó los pies del armario chirriando sobre los tablones del suelo, la mujer se volvió para mirar, pero era demasiado tarde. Hollín volcó el mueble encima de ella. Con un gran estruendo, el armario se estrelló en el suelo y la atrapó en su interior.

—¡Dejadme salir! ¡Dejadme salir ahora mismo! —bramó la tía Alberta, fuera de sí.

—¡Buen trabajo, Hollín! —exclamó la niña.

—¡Gracias, milady!

—¡Ahora sácame de aquí!

Mientras la tía Alberta se debatía a ciegas, zarandeando el armario de un lado al otro, el fantasma desató las manos y los pies de Stella.

—¡Wagner!
¡WAGNEEER!

—chilló la mujer mientras los niños corrían escaleras abajo.

Justo cuando empezaban a bajar el segundo tramo de escalones, tuvieron que agacharse para que el búho gigante rasara por encima de sus cabezas en dirección al desván.

Al llegar al rellano, Stella casi se dio de bruces con Gibbon. El mayordomo le daba la mano a una planta y decía: «Un placer volver a verlo, comandante».

—¿Y adónde vamos ahora, milady? —preguntó Hollín.

—Al garaje —contestó la niña—. Tengo un plan.

34

Clases de conducción

—¡Pero si no sabes conducir! —protestó Hollín.

Los dos niños estaban en el garaje, delante del Rolls Royce destrozado.

—No, la verdad es que no —reconoció Stella—. Pero es mi única posibilidad. ¡No puedo quedarme aquí ni un segundo más, o la tía Alberta volverá a atarme en ese potro de tortura hasta arrancarme los brazos y las piernas!

—Lo sé, milady, pero...

—¡Nada de peros! Escucha, si logro alcanzar bastante velocidad, derribaré la verja y en un abrir y cerrar de ojos me plantaré en la aldea más cercana.

—¡Es demasiado peligroso! —dijo el fantasma, que no acababa de verlo claro.

Lo último que quería Hollín era que su amiga se matara intentando escapar.

—He visto a mi padre conducir este trasto millones de veces. Tan difícil no será...

Stella era una niña muy testaruda. Abrió la puerta del maltrecho coche familiar y se subió de un salto al asiento del conductor.

—¡Pero si ni siquiera llegas a los pedales! ¡Y además tienes goteras en el altillo! —observó el fantasma.

—¿De qué hablas? —replicó Stella, confusa.

—¡Digo que te falta un tornillo, milady! —exclamó Hollín.

Stella puso los ojos en blanco, exasperada, y luego se miró los pies, que colgaban del enorme asiento de cuero negro.

—¿Para qué se necesitan los pedales? —preguntó con aire inocente.

—¡No fastidies! —exclamó el fantasma—. ¡Solo una chica preguntaría eso!

Ese comentario no le hizo ni pizca de gracia a Stella, que contraatacó.

—¡Eres un limpiachimeneas! ¿Cómo te las puedes dar de experto en conducción? ¡Apuesto a que nunca te has subido a un coche, y mucho menos a un Rolls Royce!

Era verdad. En los tiempos que le había tocado vivir, solo las personas ricas tenían coche, y solo los millonarios podían permitirse el lujo de comprar un Rolls Royce.

—¡No me habré subido a ningún coche, pero sé cómo funcionan!

—Ah, ¿sí? ¿Y cómo es eso? —Stella empezaba a perder la paciencia.

—Porque soy un chico —razonó Hollín—. Y los chicos sabemos de esas cosas.

Ahora sí que Stella estaba cabreada. Si algo tenía claro era que las chicas eran infinitamente mejores que los chicos en todo.

—¡No me digas! —replicó con tono sarcástico. Ni loca iba a dejar que Hollín fuera el único que se lo pasaba en grande conduciendo el coche solo porque era un chico—. Bueno, ya que tanto sabes, ¡puedes darme mi primera clase de conducción!

El fantasma no tenía nada claro que aquello fuera una buena idea.

—Pero, milady... —protestó.

—¡No hay tiempo para discusiones! ¡Súbete al coche de una vez!

Hollín hizo lo que le ordenaban y se subió al Rolls Royce.

—¡Y ya que estás, controla los pedales! —ordenó la chica—. ¡Si es que sirven para algo!

El fantasma se instaló en el hueco que quedaba bajo los pies de la niña.

—Veamos, ¿qué sabes de esto? —preguntó Hollín.

—Bueno, sé que hay que coger esta rueda gigante.

—¡El volante, querrás decir! Vas a conseguir que nos matemos los dos.

—No te lo tomes a mal, Hollín, pero tú ya estás muerto.

—En eso tienes razón, milady —dijo Hollín con un suspiro—. Lo primero que hay que hacer es girar la llave en el contacto.

La niña siguió sus instrucciones y, mientras giraba la llave, Hollín presionó el acelerador con la mano. El motor arrancó con un suave rugido.

—¡Aún funciona! —exclamó Stella—. Ya sabía yo que el viejo Rolls no me fallaría.

—¿Ves esa barra larga que tienes a tu izquierda? —preguntó Hollín.

Stella la tocó con la mano.

—Sí.

—Es la palanca de cambios. Cuando yo te lo diga, empújala hacia delante y a la izquierda.

Sin soltar el acelerador, Hollín apretó con la otra mano el pedal del embrague.

—¡AHORA! —gritó.

El coche avanzó a trompicones.

—Hollín...

—¿Qué pasa?

—Se nos ha olvidado abrir la puerta del garaje.

—¡Agárrate! —exclamó Hollín. El fantasma apretó a fondo el pedal del acelerador y el motor rugió otra vez. El Rolls Royce salió disparado y...

¡CATAPLUM!

... salió del garaje llevándose la puerta por delante, bajo una lluvia de astillas de madera, y derrapó en el camino helado. Una ráfaga de aire invernal se coló por el parabrisas roto, y era tan frío que los ojos de Stella se llenaron de lágrimas. El viejo coche había salido muy mal parado del accidente —las ruedas delanteras estaban torcidas y uno de los neumáticos traseros había reventado—, por lo que hasta un piloto de carreras lo hubiese tenido difícil para controlarlo. Sin embargo, los dos amigos siguieron adelante por el camino privado, en dirección a la verja... y a la libertad.

—¡Cambio de marcha! —gritó Hollín para hacerse oír por encima del ruido del motor.

Stella movió la palanca, y de pronto el coche se detuvo en seco y empezó a retroceder hacia la casa a toda velocidad.

—¡Eso es la marcha atrás! —gritó el fantasma, y apretó el pedal del freno con todas sus fuerzas. El coche dio varias vueltas sobre sí mismo hasta que finalmente se detuvo con una sacudida.

—Primera otra vez: adelante y a la izquierda.

La chica siguió sus instrucciones.

—Ahora pon la segunda: atrás y a la izquierda.

El Rolls avanzaba a buen ritmo por el camino privado de Saxby Hall. Había tanta nieve por todas partes que resultaba difícil saber dónde terminaba la calzada y empezaba el jardín. Stella logró esquivar unos árboles por los pelos y a punto estuvo de empotrarse contra el inmenso mochuelo de nieve que la tía Alberta estaba levantando. Ya veía la imponente verja al final del camino.

—¡Ya casi estamos! —anunció Stella, feliz.

En ese preciso instante, oyeron el rugido ensordecedor de una motocicleta. Era la tía Alberta, que los perseguía a toda pastilla con Wagner instalado en el sidecar.

Alberta y su búho llevaban puestos gorros y gafas de aviador a juego.

—¡Es mi tía! —exclamó Stella—. ¡La tenemos justo detrás!

Hollín apretó el acelerador a fondo con la mano.

—¡Agárrate fuerte! —la advirtió el fantasma—. Tenemos que coger mucha velocidad para poder atravesar la verja.

Stella miró hacia atrás.

—¡Nos están alcanzando! —informó Stella.

—¡Pues pon la cuarta! ¡Hacia atrás y a la derecha! —ordenó Hollín a grito pelado.

La niña tiró de la palanca bruscamente y se oyó un sonoro crujido, pero había logrado poner la cuarta marcha. Ahora el Rolls avanzaba cada vez más deprisa. En cuestión de segundos, chocarían con la enorme verja de hierro.

—¡ALLÁ VAMOS! —gritó Stella, y cerró los ojos.

¡CATAPLUUUM!

El Rolls se estrelló contra la verja y se detuvo entre sacudidas.

—¡Mecachis en la mar!

—¡Ahora sí que estamos apañados! —dijo Stella, tragando saliva.

35

El lago helado

Con la fuerza del impacto, el Rolls Royce se quedó haciendo el pino hasta que la parte de atrás se desplomó con gran estruendo. El coche seguía plantado en el camino cubierto de nieve. Habría hecho falta un carro de combate para atravesar la gruesa verja de hierro de Saxby Hall.

A escasa distancia de allí, Alberta pegó un frenazo y la motocicleta derrapó hasta detenerse. La mujer se quitó las gafas de aviador y sonrió con  malicia mientras contemplaba la escena.

—¿Estás bien, milady? —preguntó Hollín, acurrucado junto a los pedales.

Stella seguía sentada al volante, pero se había golpeado la cabeza y todo le daba vueltas.

—Sí, un poco mareada, nada más.

Montada a horcajadas en la motocicleta, Alberta estaba que no cabía en sí de alegría.

—¡Me parece que aquí se acaba tu aventura, jovencita! —dijo a gritos—. Creo que ha llegado el momento de que vuelvas a casa y firmes de una vez la cesión de Saxby Hall, como una buena chica.

—No podemos rendirnos ahora —dijo Stella a Hollín en susurros—. Tiene que haber otra salida. ¿Sabes si el Rolls sigue funcionando?

—Solo hay una manera de averiguarlo —contestó el chico—. Pon la marcha atrás.

La niña obedeció, y el coche retrocedió haciendo eses.

La colisión había dejado el morro del Rolls más abollado aún que antes, y la parrilla del radiador había quedado atrapada entre los barrotes de la verja, pero el motor seguía dando guerra, entre sacudidas y resoplidos.

La sonrisa de Alberta se transformó en una mueca de enfado en cuanto se dio cuenta de que su sobrina no iba a rendirse tan fácilmente.

—¡Primera! —gritó Hollín.

Stella cambió de marcha y el Rolls arrancó a trompicones.

¡BRRRUUUUUUUUM!

El Rolls surcaba a toda velocidad los extensos terrenos de Saxby Hall, seguido de cerca por la motocicleta de Alberta. Las ruedas de los dos vehículos levantaban a su paso el grueso manto de nieve que cubría el suelo. Stella probó a girar el volante de un lado al otro con la esperanza de que la cortina de nieve frenara el avance de Alberta, pero de poco sirvió. La motocicleta de la malvada mujer tenía unos neumáticos especiales con clavos que le impedían salirse de la carretera por mucho que nevara.

—¡A POR ELLA! —ordenó la tía Alberta.

Wagner abandonó el sidecar y se encaramó a la espalda de su dueña. Parecían una pareja de acróbatas sobre ruedas, hasta que el animal echó a volar.

El gran búho de las montañas de Baviera puede alcanzar una velocidad de ciento sesenta kilómetros por hora. Wagner salió disparado hacia arriba como un cohete. El Rolls seguía avanzando a toda pastilla, y Stella se asomó a la ventanilla para buscar al pajarraco. En ese instante, Wagner se dejó caer sobre el capó del coche, abollando la chapa con sus grandes patas. Miró a Stella a los ojos y còn su gran pecho le tapó la visión por completo.

—¡No veo por donde vamos! —gritó la niña.

—¡Agárrate fuerte! ¡Voy a darle al freno! —contestó Hollín.

Pero iban demasiado deprisa y, en lugar de detenerse, el coche empezó a girar como una peonza.

Wagner se tambaleó y remontó el vuelo. Stella vio entonces que el coche giraba sin control y se iba derecho hacia el lago helado del fondo del jardín.

— ¡Frenaaa! —gritó.

Hollín tenía las dos manos sobre el pedal y presionaba con todas sus fuerzas.

—¡Ya lo hago! —contestó el chico.

En unos instantes que a Stella se le hicieron eternos y, al mismo tiempo, pasaron en un suspiro, el pobre Rolls Royce se deslizó sobre la superficie del agua helada. Justo cuando estaban en mitad del lago, el coche se detuvo y, con un último resoplido, el motor enmudeció. Stella intentó por todos los medios volver a arrancarlo, pero el fiel Rolls Royce había muerto definitivamente.

Alberta detuvo la motocicleta en la orilla y apagó el motor. Wagner fue a posarse en su guante de cuero. El silencio era abrumador. Por unos instantes, reinó una increíble sensación de paz. Hasta que de pronto se oyó un crujido.

CRAC,

Apenas audible al principio, aunque luego fue multiplicándose y sonando cada vez más fuerte:

CRAC, CRAC, CRAC, CRAC, CRAC, CRAC, CRAC, CRAC, CRAC, CRAC, CRAC, CRAC,

Stella miró por la ventanilla. En lo que antes era una inmensa y lisa placa de hielo había ahora un complejo zigzag de líneas interconectadas. El robusto coche se inclinó a un lado cuando el trozo de hielo sobre el que flotaba empezó a ceder bajo su peso.

—¡Socorro! —gritó la niña cuando el agua helada empezó a inundar el Rolls.

Hollín subió hasta quedarse a su altura.

—¡Estás en grave peligro, milady! —gritó—. Tienes que salvarte.

Pero cuando el agua gélida subió hasta los tobillos, las rodillas y luego la cintura de Stella, la niña se quedó paralizada de miedo. Por más que quisiera, era incapaz de mover un solo músculo. Se le nubló la vista, y lo único que podía ver era su propio cuerpo flotando bajo el hielo.

—¡Milady! —le dijo el fantasma a gritos—. ¡Trepa al tejado del coche!

Temblequeando de frío, Stella se las arregló para salir de la cabina y encaramarse al tejado del Rolls justo a tiempo. Como seguía yendo descalza, resbaló una y otra vez, y a punto estuvo de caer a las heladas aguas del lago. Desde allí veía a la tía Alberta riendo para sus adentros en la seguridad de la orilla.

—Tengo miedo, Hollín. No quiero morir —dijo la niña.

—No te lo recomiendo, la verdad —contestó el fantasma.

—¿Y qué pasa contigo? —preguntó Stella.

—No te preocupes por mí, milady. Tú sálvate.

—¡Ya lo ves, criatura, la tita Alberta ha vuelto a ganar! ¿Quieres firmar de una vez la dichosa cesión de la propiedad? —chilló la malvada mujer, y su vozarrón resonó sobre el hielo.

Lo que quedaba del Rolls Royce se hundía rápidamente, y en pocos segundos quedaría completamente sumergido. El hielo alrededor del coche se había roto en trozos diminutos, por lo que Stella no podía ir saltando hasta la orilla. Si intentaba zambullirse y nadar en el agua helada, moriría al instante.

—¡Tienes que hacer lo que te dice! —le aconsejó Hollín. El fantasma se hundía con el coche, y al poco solo se veía su cabeza, asomada por la ventanilla. Cuando el lago helado lo engulló, su silueta fantasmal pareció diluirse—. ¡Es tu única esperanza!

Con el agua por las rodillas, Stella seguía haciendo equilibrios sobre el tejado del coche.

—¿Y bien, Stella? —preguntó Alberta a gritos—. ¿Qué me dices?

—¡Firmaré la cesión! —contestó Stella.

—No ha costado tanto, ¿verdad que no? Una firmita de nadita y todo arregladito —replicó su tía—. ¡Wagner, venga, tráemela!

Una vez más, el pajarraco levantó el vuelo desde la mano de Alberta y se lanzó en picado sobre las aguas heladas. Justo cuando Stella se hundía hasta el pecho, las garras del búho la cogieron por los hombros y la llevaron en volandas. En un visto y no visto, surcaban el gélido aire del amanecer.

—¡Cuídate, milady! —gritó el fantasma.

La niña miró hacia atrás y vio como el Rolls, otrora tan hermoso, desaparecía engullido por el agua.

Lo último que vio de Hollín fue su gorra de limpia-chimeneas flotando en el lago.

—¡Noooooo! —gritó la niña.

Wagner dejó caer a Stella a orillas del lago, a los pies de su dueña. Stella se quedó tendida en el suelo, llorando, tiritando de frío, desolada. De nada serviría seguir resistiéndose. No le quedaban fuerzas. La tía Alberta se había salido con la suya. La malvada mujer miró a la pobre niña, que temblaba bajo el camisón empapado con el rostro bañado en lágrimas y se rió entre dientes, la muy ruin.

—Sabía que acabarías entrando en razón, sobrinita queridita.

36

Coser y cantar

Ahora que la tía Alberta había conseguido lo que quería, se mostró más amable que nunca. En el salón de Saxby Hall, arropó a la niña con una gran manta calentita y la sentó en el sillón más cómodo, delante del fuego.

—Aquí tienes, jovencita —dijo la mujer, tendiéndole un gran bol de sopa hirviendo—. Tenemos que hacer que entres en calor para que puedas firmar la dichosa escriturita.

En el fondo, Stella sabía que no debía firmar la cesión de Saxby Hall a su malvada tía, pero estaba al límite de sus fuerzas. Los últimos días y noches de terror habían consumido su cuerpo y su espíritu. Sin sus padres, y con Hollín atrapado en el fondo del lago helado, tenía la sensación de que no le quedaban motivos para vivir. Si accedía a firmar la cesión, tal vez aquella pesadilla se acabara de una vez.

—Te buscaré una plumita —canturreó la mujer alegremente.

Stella se quedó mirando las llamas y bebiendo la sopa a sorbitos.

La tía Alberta regresó con el documento y una enorme pluma de búho, y se sentó en el sofá al lado de su sobrina.

—¡No hace falta que te tomes la molestia de leerlo! ¡Ni loca, vamos! ¡Es de lo más aburrido! —comentó la tía Alberta entre risas—. Tú solo estampa tu firmita aquí abajito, como una buena chica.

Stella fue a coger la pluma, pero la mano seguía temblándole tanto por el frío que no podía sujetarla.

—Mi queridísima criatura, deja que tu tita te eche una manita. —Dicho esto, la mujer cogió la mano de la niña entre las suyas y, despacio, acercó la pluma al papel—. Ya lo verás, será como coser y cantar —añadió. Con una mano sujetó la de la niña, y con la otra fue moviendo la hoja de papel hasta que la firma de Stella apareció a pie de página.

Saxby Hall era suyo, al fin.

La tía Alberta lloraba de felicidad. Era la primera vez que Stella veía a la mujer tan emocionada. Se paseó por el salón dando saltitos y se fue hacia Wagner, que estaba encaramado en su percha, para plantarle en el pico un gran beso lleno de babas. Luego empezó a bailar y a cantar una cancioncilla sobre sí misma que iba inventando sobre la marcha.

—Yo me felicito a mí, lady Saxby...

Después de la primera estrofa, sin embargo, ahí se quedó la canción, porque no se le ocurría nada que rimara con Saxby.*

—¿Sabes qué voy a hacer con esta casa, criatura?

—No, tía Alberta, no lo sé —contestó la niña. Y añadió con tono sarcástico—: Pero seguro que me lo vas a decir.

—Pues sí, has acertado —continuó la mujer—. ¡Mañana a primera hora, voy a quemarla hasta los cimientos!

* Hay que reconocer que no lo tenía nada fácil.

Un montón de cenizas

Sentada frente a su tía en el inmenso salón, Stella no podía creer lo que oía. Saxby Hall había pertenecido a su familia desde hacía siglos.

—¿Quemarla? ¡No puedes hacer eso!

—¡Ya lo creo que puedo! —replicó Alberta—. Puedo hacer lo que me dé la gana, criatura. ¡Ahora la casa me pertenece, y pienso reducirla a un montón de cenizas! En cuanto lo haga, empezaré a construir el mayor museo de búhos del mundo.

Stella reflexionó unos instantes y preguntó:

—¿Hay algún otro?

—¡No, por eso será el mayor del mundo!

Stella no acababa de entender el razonamiento de su tía, pero Alberta parecía eufórica. De un estante cercano sacó un enorme plano enrollado que extendió con orgullo ante su sobrina.

—Llevo años trabajando en esto. Será el Buhoseo Lady Alberta.

El plano mostraba un enorme edificio de hormigón con forma de búho y distintas secciones:

- **Un cine. En él se proyectarían solamente películas relacionadas con los búhos, aunque hasta entonces no se había hecho ninguna.**

- **Una cafetería donde se venderían delicias hechas exclusivamente de cagarrutas de búho; como por ejemplo, galletas de cagarrutas de búho, paté de cagarrutas de búho untado sobre tostadas de cagarrutas de búho, y trufas de chocolate y cagarrutas de búho (ideales para regalar a esos parientes ancianos a los que conviene mandar al otro barrio).**

- Una gran biblioteca, que reuniría todos los libros escritos sobre búhos. Siete, para ser exactos.

- Un salón de belleza para búhos.

- Tres clases de lavabos: damas, caballeros y búhos.

- Una sala de conferencias donde la tía Alberta daría charlas de cuatro horas seguidas sobre la historia de los búhos.

- Una tienda de regalos en la que se venderían puntos de libro, dedales, artículos de escritorio, figuras de porcelana, llaveros y máquinas cortacésped con forma de búho, además de una amplísima selección de discos para gramófono con cantos de búho.

- Una sala libre de búhos, concebida para los visitantes que no sintieran ni pizca de interés por dichas aves. Dentro habría un búho.

—¡Mi buhoseo me hará ganar muchísimo dinero! —proclamó la mujer, que se iba animando por momentos—. Millones de entusiastas de los búhos como yo vendrán procedentes de todos los rincones del mundo...

«¿Millones?», pensó Stella. La niña estaba bastante segura de que la tía Alberta era la única socia del Club Oficial de Fans de los Búhos.

—Los visitantes entrarán por aquí —explicó la mujer, señalando el plano—, donde los recibirá una estatua de oro macizo de mí misma.

—Estás como una regadera.

—¡Me lo tomaré como un cumplido, gracias! —replicó la tía Alberta, sonriendo—. Cuando hayan cruzado el vestíbulo, los visitantes podrán deleitarse contemplando todas y cada una de las especies de búho que han existido jamás. Disecadas, eso sí.

—¿Disecadas? —preguntó la niña.

Wagner levantó las orejas al oír esa palabra.

—Sí, criatura. Disecadas. Los búhos se portan muchísimo mejor cuando están disecados. Y allí, en el corazón del buhoseo, en una enorme vitrina de cristal, estará mi querido Wagner.

El pájaro empezó a graznar y a dar saltos en su percha.

—El más espectacular de los grandes búhos de las montañas de Baviera jamás criado en cautividad. Disecado y conservado bajo una urna de cristal por toda la eternidad.

Stella no pudo evitar fijarse en la violenta reacción del pájaro ante los planes de Alberta. Era como si comprendiera todas y cada una de las palabras de su dueña, así que la niña decidió tirar un poco más del hilo:

—Pero esperarás a que Wagner muera por causas naturales, ¿no?

—¡De eso nada! —replicó la mujer—. Para entonces estaría viejo y no valdría para nada. No, no. ¡Lo mataré de un tiro mañana a primera hora y haré que lo disequen mientras está en la flor de la vida!

Wagner se puso a dar vueltas por la habitación a toda velocidad, graznando como un loco. Alberta volvió a centrarse en el plano del buhoseo, y Stella pensó que era una buena oportunidad para escabullirse, así que empezó a alejarse de puntillas.

Justo cuando había alcanzado la puerta, Alberta bramó:

—¿Adónde te crees que vas?

—Hummm, yo... —Stella se estaba poniendo nerviosa, pero se esforzó por sonar lo más natural posible—. Bueno, yo... hummm... iba a irme arriba, a darme un baño rápido, quizá quitarme este camisón de una vez y... pensar en ir tirando.

—Tú no te vas a ninguna parte, criatura —replicó la tía Alberta, y su voz sonó entonces de lo más amenazadora.

La niña miró a los ojos negros de su tía.

—Ah, ¿n-no...? —farfulló.

—Por supuesto que no. Sabes demasiado. He estado planeando otro pequeño «accidente». Uno pensado especialmente para ti.

—¿Un a-a-accidente?

—¡Eso es! —replicó la tía Alberta con una sonrisita maliciosa—. ¡Y a este seguro que no sobrevives!

38

El crimen perfecto

La malvada tía de Stella había ideado un rocambolesco plan para acabar con la vida de su sobrina.

—¡No te saldrás con la tuya! —gritó Stella.

—Ya lo creo que sí, criatura —replicó la tía Alberta sin levantar la voz—. Es el crimen perfecto, porque el arma homicida se derretirá sin dejar rastro.

—¿Que se derretirá? —Stella no entendía nada—. ¿De qué demonios hablas?

—Ven conmigo y te lo enseñaré.

La mujer cogió a la niña de la mano, salió con ella del salón y la guió fuera hasta la larga pendiente ajardinada cubierta de nieve. En la cima de la pendiente, proyectando su inmensa sombra, se alzaba la estatua de hielo de Alberta.

—¡Mi mochuelo de nieve! —exclamó la mujer, toda orgullosa—. Por fin lo he terminado. Precioso, ¿no crees?

—¿Por-por qué me lo enseñas? —preguntó la niña, temblando de frío otra vez.

—Porque este mochuelo de nieve va a caerte encima y morirás aplastada bajo su peso. Llamaré a la policía enseguida para denunciar tu desaparición, claro está, pero no te encontrarán hasta la primavera, cuando el arma homicida se derrita. Así de sencillo. ¿A que soy un genio?

—¡Una chi-chi-chiflada, más bien! —replicó la niña, que luchaba con todas sus fuerzas por zafarse de las fuertes manos de su tía.

Alberta miró a su sobrina y sonrió con maldad.

—Venga, criatura, huye si puedes.

Entonces soltó a la niña, que se cayó de rodillas y se arrastró por la nieve. Nada le hubiese gustado más que levantarse y echar a correr, pero la nieve era muy profunda, ella estaba helada, agotada y no le quedaban fuerzas.

Mientras tanto, la tía Alberta se situó detrás del mochuelo de nieve y, apoyando el hombro en la gran estatua, empezó a empujar con todas sus fuerzas. Justo entonces, Wagner se lanzó en picado desde las alturas y atacó a su dueña. El búho gigante le daba zarpazos, intentando detenerla. Stella se dio cuenta de que estaba en lo cierto, el búho debía de haber entendido a Alberta cuando dijo que lo quería disecar.

—¡Wagner! ¡WAGNER! ¿A qué viene esto? —chilló Alberta.

Pero el pájaro siguió intentando apartarla del mochuelo de nieve, así que la mujerona le dio un puñetazo en todo el pico.

El pobre búho dio varias vueltas de campana y cayó al suelo, inconsciente.

Entonces la muy arpía se concentró otra vez en volcar la estatua de nieve. Despacio, la inmensa mole de hielo empezó a inclinarse hacia delante.

—¡Adiós, Stella! —dijo Alberta a gritos.

La niña miró hacia arriba. Una inmensa bola de hielo y nieve se precipitaba en su dirección. En pocos segundos, quedaría sepultada bajo su peso.

–¡Noooooooo!
—gritó la niña.

¡CATAPLUM!

¡Justo entonces, Stella notó que volaba!

¡FIUUUUUUUUU!

Era Gibbon, que sin querer se la había llevado por delante. El mayordomo había bajado por la pendiente nevada a una velocidad de vértigo montado sobre su bandeja de plata. No sería descabellado suponer que acababa de inventar el snowboard.

Con una mano sujetaba una bolsa de agua caliente y con la otra dos copas de champán.

—¡Excelente Dom Pérignon, señor! —anunció.

Sin comerlo ni beberlo, el mayordomo había salvado la vida de la joven, impidiendo por los pelos que muriera aplastada bajo el mochuelo de nieve. Stella aterrizó en el suelo nevado con un...

¡PLOF!

—Gracias, Gibbon —dijo la niña, bastante aturdida, incorporándose.

Pero el anciano mayordomo se limitó a sacudirse la levita, completamente ido, como de costumbre.

—Hace muchísimo calor aquí dentro, señor. ¿Abro la ventana antes de irme?

El lobo malo

La tía Alberta se había caído de morros sobre su muñeco de nieve y allí se había quedado. Se levantó despacio y, al ver a Stella, se puso hecha una furia. Echó a andar en su dirección. La rabia le daba nuevos bríos y, aunque la nieve le llegaba hasta las rodillas, avanzaba cada vez más deprisa.

Stella huyó corriendo hacia la puerta de la casa, que Alberta había dejado abierta de par en par. En cuanto echó el cerrojo, su tía empezó a aporrearla con fuerza.

¡PAM!
¡PAM, PAM!

La puerta se estremecía con los golpes de sus manazas.

Alberta abrió la solapa del buzón y canturreó:

—¡Cerdito, cerdito, déjame entrar!

La niña retrocedió un paso.

—¡Jamás!

—Entonces soplaré, soplaré... ¡y la puerta derribaré!

Hubo unos instantes de silencio sobrecogedor, y luego Alberta regresó con una enorme pala quitanieves. Entre jadeos y resoplidos, la mujer se las arregló para atravesar la pesada puerta con la pala.

¡CRAAAC!

Cientos de astillas salieron despedidas en todas las direcciones.

Stella retrocedió otro paso. En cuestión de segundos, la tía Alberta echaría la puerta abajo. Necesitaba un plan, y deprisa. ¡La chimenea! Alberta estaba demasiado gorda para trepar por su interior. Stella echó a correr hacia la chimenea más cercana, la del comedor.

Mientras corría por el pasillo, oyó como la pesada puerta principal se salía de los goznes y se desplomaba en el suelo.

¡CATAPUMBA!

Alberta había entrado en la casa.

—¡Aquí está el lobo malo! —dijo a gritos, blandiendo la pala quitanieves como si fuera un arma.

La niña entró corriendo en el comedor y se fue derecha a la chimenea. Justo cuando estaba a punto de desaparecer por el conducto...

¡ÑACA!

Alberta la cogió por los tobillos. Stella miró hacia abajo y vio a su tía en la boca de la chimenea, mirándola. La niña se resistió, y al hacerlo desprendió la capa de hollín que estaba pegada a las paredes de la chimenea. El polvillo negro cayó sobre la cabeza de Alberta, llenándole los ojos y la boca.

—¡AAAAAARRRGGGHHH! —bramó.

Atragantada por el polvo, la mujer no pudo evitar soltar a su sobrina. Tan pronto como se vio libre, Stella trepó a toda prisa por la chimenea y no tardó en quedar fuera del alcance de su malvada tía.

—¡No escaparás! —le advirtió Alberta—. Sé exactamente qué hacer con los mocosos que trepan por la chimenea. Lo he hecho antes y te puedo asegurar que no falla. ¡Voy a encender el fuego!

40

Misterio resuelto

—¿Cómo que lo has hecho antes? —preguntó Stella desde la chimenea. La niña no podía creer lo que estaba oyendo. Así era exactamente como le había contado Hollín que lo habían matado.

—Para que te enteres, fui yo la que hizo desaparecer a mi hermano pequeño, tu tío Herbert, hace un porrón de años —dijo la tía Alberta desde la boca de la chimenea.

—¡Claro! —exclamó Stella, casi para sus adentros. El destino del bebé había sido un misterio durante más de tres décadas.

—Cuando nació, supe que sería él y no yo quien heredaría Saxby Hall —explicó la tía Alberta—, ¡y eso me sacaba de mis casillas! Lo detestaba tanto como a

tu padre. Así que una noche me colé en su habitación y lo saqué de la casa a escondidas.

—¿Cómo pudiste hacer algo así? —preguntó la niña.

—Pues fue pan comido —le contestó Alberta—. Lo llevé hasta el río, lo metí en una caja de madera y luego lo eché al agua. Creía que se había ahogado, pero diez años después me lo encuentro llamando a la puerta de Saxby Hall, vestido de...

—¡LIMPIACHIMENEAS! —exclamó Stella.

¡Hollín, solo podía ser Hollín!

—¡Exacto! —Alberta estaba boquiabierta—. ¿Cómo demonios lo has sabido?

—Porque he visto en esta casa el fantasma de un limpiachimeneas.

—Los fantasmas no existen, so borrica!

—¡Sí que existen! Es él quien ha estado ayudándome.

—¡Hay que ver qué imaginación tienes!

Pese a todo lo que había pasado, la mujer seguía resistiéndose a creerlo. Hollín debía de estar en lo cierto: los adultos son demasiado estrechos de miras para creer en nada que no sea el aquí y ahora.

Stella se sentía dividida: por un lado, quería escapar, pero por otro, le picaba la curiosidad.

—¿Cómo supiste que el limpiachimeneas era tu hermano pequeño?

—Porque era el vivo retrato de mi otro hermano, Chester, tu padre. Más bajito y flacucho, claro está, porque el mequetrefe se había criado en un asilo para pobres donde apenas le daban de comer, ¡pero cómo no iba a reconocerlo si era idéntico a Chester! Además, aquel granuja se empeñaba en decir que tenía la sensación de haber estado antes en Saxby Hall...

»Solo era cuestión de tiempo que el resto de la familia se diera cuenta de quién era en realidad, así que lo dejé subir por la chimenea para limpiarla y luego prendí el fuego.

—¡Eres un monstruo!

—Lo mejor de todo es que eché la culpa a uno de los sirvientes.

«¡Hollín es mi tío!», pensó la niña. Aquello era un notición.

—¡Ese chico es el legítimo heredero de Saxby Hall! —exclamó.

—No era más que un niño, y murió hace muchos años. Un simple limpiachimeneas al que nadie echó de menos.

Stella reflexionó unos instantes.

—Mi madre, mi padre, mi tío... ¿A cuántas personas más vas a matar?

—Solo a una —replicó la tía Alberta—: ¡a ti!

41

El juego del escondite

La mujer se puso manos a la obra en el comedor. Primero prendió una cerilla y luego encendió el fuego. La chimenea no tardó en llenarse de densas volutas de humo negro. Desesperada, Stella retomó la escalada. Le escocían muchísimo los ojos. Al cabo de poco, no podría ni respirar.

Segundos después, el humo había sumido la chimenea en una oscuridad total. Stella no veía absolutamente nada. Entonces resbaló y cayó en picado en dirección al fuego. Su cuerpo rebotaba en las paredes, provocando una lluvia de hollín, y eso fue su salvación, porque el polvillo negro apagó el fuego.

—¡MALDITA SEA! —gritó Alberta en el instante en que Stella se las arregló para frenar su caída a un palmo del hogar y empezó a trepar otra vez hacia arriba.

No tardó en alcanzar la última planta de la casa y, una vez allí, saltó al tejado. Se quedó unos instantes allí tumbada, sobre la nieve que cubría las tejas, respirando hondo para llenar los pulmones de aire puro.

Sin embargo, en cuanto abrió los ojos, vio la punta de una escalera de mano asomando por la cornisa del tejado. ¡La malvada mujer no se detendría ante nada! No tardó en ver también una mata de pelo rojo manchada de hollín, dos ojos negros de mirada penetrante y una sonrisa malvada.

—¡Se acabó el juego del escondite! ¡La tita te ha encontrado!

La mujer se plantó en el tejado y por un momento se quedó allí de pie, tambaleándose ligeramente.

—Tú eliges, criatura: ¿saltas solita o prefieres que te dé un empujoncito?

Para entonces se había hecho de noche, y la silueta de Alberta se recortaba sobre la luna llena, que brillaba a ras del horizonte en el cielo invernal.

—¡Nunca te saldrás con la tuya! —gritó la niña, aferrándose con uñas y dientes al sombrerete de la chimenea.

—Ya lo creo que sí. Hasta ahora siempre me he salido con la mía. ¡Con un poco de suerte, hasta me pedirán que cante en tu funeral!

—¡Preferiría que no lo hicieras! —replicó Stella—. ¡Suena como si estuvieran estrangulando a un gato!

—¡¿Cómo te atreves?!

La tía Alberta se abalanzó hacia delante, pero perdió el equilibrio por culpa de la nieve.

¡PATAPAM!

Y empezó a resbalar por el tejado apoyada sobre su gran panza.

—¡¡¡AAAAAARRRGGGHHHHHH!!!

Justo cuando Stella empezaba a albergar la esperanza de que su tía se matara ella sola de una caída, Alberta se las arregló para agarrarse con las yemas de los dedos a un canalón del tejado. Se hizo el silencio mientras Alberta se balanceaba sobre el vacío, pero luego la niña la oyó llamarla:

—¡Steeella! Ejem, Stellita querida...

De pronto sonaba muy melosa, como si fuera la mejor tía del mundo.

—¡¿Qué?! —preguntó la niña.

—¿Te importaría mucho echarle una manita a tu querida tita del alma?

—¡NI HABLAR!

—¡Porfiii...!

—¿Por qué iba a hacerlo? —replicó la niña.

Alberta pesaba demasiado para sus dedos cortos y regordetes. Uno tras otro, empezaban a resbalar del canalón.

Ya no sonaba tan dicharachera:

—Criatura, si no me ayudas, te echarán la culpa de todo. El pequeño «accidente» de tus padres, la muerte de tu vieja y querida tía...

—¡Pero si yo no he hecho nada! —protestó Stella.

—Ya, pero eso es lo que parecerá. Tenlo por seguro. —Las palabras de Alberta se iban enroscando como una serpiente en torno a la mente de la niña—. Todo el país te verá como una asesina sanguinaria. Te encerrarán entre rejas durante cien años. ¡Eso si no te mandan directamente a la horca!

Stella ya no sabía qué pensar.

—¡Pe-pero si yo no he hecho nada malo! —protestó.

—Dejarme morir de esta manera sería homicidio. **¡O, M, I, Z, I, D, I, O!**

No había tiempo para corregirle la ortografía a Alberta, así que la niña no dijo nada.

—Tus queridos papás te educaron para que te comportaras como una auténtica dama, ¿verdad?

—S-s-sí...

—Y no querrás que se avergüencen de ti, ¿verdad?

—N-n-no...

—Entonces dame la mano —dijo Alberta—. Te prometo que no te haré daño.

Con cuidado, Stella se deslizó por la pendiente del tejado para acercarse a su tía.

—Bien, buena chica —la animó Alberta—. Confía en mí, criatura. Te prometo que no te pasará nada malo.

Stella tendió la mano a la mujer. Alberta la cogió con fuerza y tiró de la niña hacia abajo.

—¡Aaaaaah! —gritó Stella mientras volaba por los aires. En el último instante, se las arregló para agarrarse a uno de los tobillos de su tía.

La mujer miró a la niña, que se aferraba a ella con todas sus fuerzas.

—¡Si Saxby Hall no puede ser mío, no será de nadie!

Dicho esto, la mujer se soltó del canalón y se precipitaron las dos hacia abajo...

¡Arrrggghhh!

42

Silencio sepulcral

De pronto se oyó el batir de dos enormes alas. Un búho pasó como un rayo, rasgando el aire nocturno.

¡FIUUUUUU!

Stella notó que la cogían al vuelo. Era Wagner, que había acudido en su ayuda.

La tía Alberta se estrelló en la nieve con un gigantesco...

¡PLONC!

Wagner posó a la niña con delicadeza y luego se fue dando saltitos hasta su dueña, seguido de cerca por Stella. Tenían que comprobar si la malvada mujer estaba realmente muerta.

El cuerpo de Alberta yacía sobre una montaña de nieve, perfectamente inmóvil. No se oía nada, ni siquiera un grito ahogado o un forcejeo, por ligero que fuera. El silencio era sobrecogedor.

Lo que se dice un silencio sepulcral.

Stella suspiró, aliviada. Y entonces, justo cuando  iba a dar media vuelta, vio que el dedo meñique de la mujer se movía. Y luego la mano. Y luego el brazo. Aturdida y confusa, Alberta se levantó, pero con una buena capa de nieve pegada al cuerpo. Parecía el Abominable Hombre de las Nieves.*

La mujer se quedó allí plantada unos instantes, tambaleándose, y luego se quitó la nieve de los ojos. No se había hecho ni un rasguño. La gran pila de nieve había amortiguado su caída.

---

* Un enorme simio cubierto de pelo blanco que vive en las montañas del Himalaya, en Nepal.

—Veamos, ¿por dónde íbamos? —dijo Alberta con una sonrisa—. Ah, sí. ¡Estaba a punto de liquidarte!

La niña echó a correr por el jardín nevado y Wagner despegó como un cohete hacia las alturas. El pájaro empezó a dar vueltas en el cielo y a graznar con todas sus fuerzas.

¡CRUAAAJ!
¡CRUAAAJ!
¡CRUAAAJ!

La niña nunca había oído al búho graznar de ese modo.

No muy lejos de allí, entre los árboles que rodeaban Saxby Hall, se oyó de pronto un coro de graznidos similares. Las aves del bosque respondían a la llamada de Wagner. Las ramas de los árboles se estremecieron en el instante en que cientos de búhos echaron a volar.

Stella no tenía tiempo para pararse a pensar en lo que estaba sucediendo. Tenía que huir, pero ¿adónde? La niña tropezó en la nieve. Su tía le dio alcance, y entonces sacó una maza de cadena del bolsillo y la hizo girar por encima de su cabeza. CHASSS, CHASSS, CHASSS...

Alberta debió de quitársela a la armadura del vestíbulo. La maza de cadena o mangual era un arma especialmente temible. Tenía un largo mango de madera con una cadena de la que colgaba una mortífera bola metálica recubierta de pinchos. Aquel mangual en concreto no se había usado con fines violentos desde hacía siglos. Hasta ese momento.

—Por favor, te lo ruego... —suplicó Stella. CHASSS, CHASSS, CHASSS...

La mujer seguía blandiendo el mangual cada vez más deprisa, dibujando círculos en el aire.

—¡Espero que tu patética vida esté pasando en imágenes por tu mente, criatura, porque aquí se acaba! **A, C, A, V, A.** ¡Es el fin!

Y entonces Alberta blandió el mangual por última vez, elevándolo en el aire antes de arrojarlo.

—¡**Noooooo**! —chilló Stella.

Justo cuando Alberta iba a lanzarlo en su dirección... cientos de búhos bajaron en picado desde el cielo.

¡Fiiiu!

Desde el mochuelo más diminuto al más impresionante búho gris, las aves se abalanzaron sobre la mujer, la levantaron con sus garras y se la llevaron.

—¡¡¡¡¡Aaaaaaaaarrrrrrrr

ggggggggghhhhhhhhh!!!!!! —gritó Alberta, soltando el mangual, que cayó en la nieve.

¡PLOF!

Desde el tejado, Wagner graznaba con autoridad; sin duda estaba dando instrucciones a sus amigos los búhos.

Lo único que podía hacer Stella era observar la escena sin salir de su asombro. La tía Alberta pataleaba y chillaba mientras el escuadrón de búhos se la llevaba a lo más alto del cielo nocturno. La nieve que llevaba adherida fue desprendiéndose de su cuerpo mientras la arrastraban arriba, arriba, mucho más allá de las nubes. La mujerona no tardó en convertirse en una diminuta mota. Stella no se atrevía a pestañear siquiera. Necesitaba asegurarse de que aquello era realmente el final de la historia.

«¡CRUAAAJ!»

Wagner dio una última orden a sus aliados en forma de graznido ensordecedor. Todos a la vez, abrieron las garras y soltaron a la malvada mujer.

–¡AAA<small>AAAAAAAAAAAA</small> RRRGGGHHH! —gritó Alberta al caer como un plomo desde las alturas.

A lo lejos resonó un tremendo ¡PLOF! Su cuerpo se espachurró en el suelo. Tal fue el impacto que la tierra se estremeció, haciendo que Stella se tambaleara.

Por fin, su malvada tía se había ido para siempre. La niña soltó un suspiro de alivio y llamó al valiente búho.

—¡Wagner!

El pájaro se le acercó dando saltitos.

—Gracias —dijo Stella, y lo rodeó con los brazos. Despacito, Wagner abrió las alas y le devolvió el abrazo—. Me has salvado la vida —susurró la niña.

El gran pájaro emitió un dulce «u-u-u» a modo de respuesta. Stella no sabía exactamente qué había dicho el búho, pero lo entendió de todos modos.

—Wagner, necesito que me hagas otro favor. —El pájaro ladeó la cabeza. La estaba escuchando. La niña se ayudó con señas para asegurarse de que el búho la entendía—. Necesito que me lleves volando hasta el lago —dijo Stella despacio, señalando en esa dirección—. Tenemos que encontrar a Hollín..., quiero decir, a mi tío.

La niña montó a lomos del pájaro y se agarró con fuerza a los penachos que le sobresalían de la cabeza.

Con el peso añadido, Wagner tenía que coger carrerilla para poder despegar, y eso fue lo que hizo. Stella contuvo el aliento de emoción, porque aquello era como pilotar un aeroplano, una sensación maravillosa. ¡Estaba volando! Tenía un manto de estrellas sobre su cabeza, el pelo ondeando al viento. Mientras el búho sobrevolaba el lago, Stella miraba hacia abajo en busca de algún rastro del fantasma. Los fragmentos de hielo que flotaban en el agua resplandecían bajo la luna. Todo se veía tan sereno y hermoso que apenas quedaba recuerdo de la tragedia que ese mismo día se había producido en el lago.

Lo primero que reconoció Stella fue la sombra oscura del Rolls Royce hundido. Luego vislumbró una diminuta silueta humana en el fondo del lago, sepultada bajo el hielo y envuelta en una maraña de juncos.

—¡Ahí está! —señaló.

Siguiendo sus indicaciones, Wagner se posó en el trozo de hielo más grande que encontró.

—¡Está en el fondo del lago! —exclamó Stella, asomándose al borde de la placa de hielo para escudriñar el agua profunda y helada. La niña no estaba segura de si un fantasma podía volver a morir, pero cuando lo vio allí tumbado, inmóvil y con el rostro inexpresivo, se temió lo peor. Entonces oyó un...

¡CHOOOF!

Wagner se había zambullido en el agua. Boquiabierta, Stella vio como el valiente búho se sumergía hasta lo más hondo del lago para rescatar al chico. Con el pico, Wagner cogió a Hollín por la camisa y lo arrastró de vuelta a la superficie.

La niña se arrodilló y tiró del fantasma hasta el bloque de hielo. Luego ayudó también al búho. Mien-

tras Wagner se sacudía las plumas, Stella se inclinó sobre la desdichada figura del limpiachimeneas, que no daba señales de vida.

—Tío Herbert... —susurró—. Tío Herbert...

El fantasma escupió un chorro de agua que fue directa a la nariz de Stella.

—¿Quién diantres es el tío Herbert? —preguntó.

—¡Estás vivo! —exclamó la niña.

—Qué va, estoy muerto —respondió el fantasma, que la miraba como si Stella hubiese perdido la chaveta.

—Es verdad... —concedió Stella.

—¿Y quién es ese tal tío Herbert?

—¡Tú! Bueno, en realidad tu nombre completo sería... ¡lord Herbert Saxby de Saxby Hall!

—¡Venga ya! —El fantasma negaba con la cabeza—. ¿Has estado empinando el codo, milady?

43

La promesa

Ya de vuelta en Saxby Hall, sanos y salvos, los dos amigos se acomodaron en el salón.

La niña avivó el fuego y luego contó a Hollín todo lo que había averiguado. Que Alberta era en realidad su hermana mayor, y que lo había metido en una caja y lo había echado al río cuando no era más que un bebé.

—¡Eso me dijeron los del asilo de pobres! —exclamó Hollín—. ¡Que me habían encontrado flotando en el Támesis dentro de una caja!

Stella también le contó que su malvada hermana lo había reconocido el día que había vuelto a Saxby Hall, y que había intentado librarse de él para siempre quemándolo vivo en la chimenea.

Hollín no salía de su asombro, pero poco a poco las piezas fueron encajando en su mente.

—Ese día, cuando llegué a Saxby Hall, supe que había estado aquí antes. Lo notaba en los huesos.

Atónito, el fantasma intentaba asimilar aquello.

—¡Vaya, vaya, quién me lo iba a decir a mí! ¡Ni más ni menos que un lord! ¡Ja, ja, ja! —El limpiachimeneas se reía a carcajadas solo de pensarlo, y se puso a imitar lo que él creía que era un acento finolis—: Soooy un looord, ¿a que se me nooota?

Stella también se reía.

—¡Pero es cierto! ¡Eres el legítimo propietario de todo esto! Hasta me siento mal por haber creído que eras un simple pelagatos.

—No tienes por qué, milady —contestó Hollín, riendo entre dientes.

—No debería haber sido tan esnob. Ahora sé que da igual si te has criado en un asilo de pobres o en una mansión. En el fondo, todos somos iguales.

El fantasma le sonrió.

—En eso te doy toda la razón, milady.

—No tienes que seguir llamándome así. Con Stella a secas ya me basta.

—De acuerdo, milady Stella.

Se rieron al unísono, y luego Hollín no se resistió a añadir, con una sonrisa pícara:

—¡Pero a cambio tú tendrás que llamarme «excelencia»!

Justo entonces, el gran reloj del vestíbulo dio las doce.

¡DONG! ¡DONG! ¡DONG! ¡DONG! ¡DONG! ¡DONG! ¡DONG! ¡DONG! ¡DONG! ¡DONG! ¡DONG! ¡DONG!

Solo entonces Stella recordó que era Nochebuena. El día de su cumpleaños.

—¡Acabo de cumplir trece años! —exclamó, toda contenta.

El fantasma, en cambio, no pareció alegrarse.

—¿Qué pasa? —preguntó Stella.

—Que te haces mayor. Pronto ya no podrás verme.

—¡Yo siempre te veré! —replicó Stella.

—Qué va. —El fantasma negó con la cabeza—. Los adultos nunca pueden verme.

Stella no se había dado cuenta hasta entonces, pero la silueta del fantasma se había ido haciendo cada vez más borrosa.

—Te estás desvaneciendo... —dijo con un hilo de voz.

—Ya te lo he dicho, milady. Será mejor que nos despidamos.

—Pero yo no quiero que te vayas —protestó la niña—. ¿No lo entiendes? Eres el único pariente que me queda.

—No voy a irme a ningún sitio —replicó el fantasma.

—¡Pero estás desapareciendo! Justo delante de mis narices.

—¡Te lo dije! Tú solo querías hacerte mayor, pero ser un niño es algo muy especial. Cuando eres niño, puedes ver toda la magia que hay en el mundo.

La niña estaba destrozada.

—¡Entonces no quiero hacerme mayor nunca!

Apenas si quedaba algo del tenue resplandor del fantasma. Stella no se atrevía a pestañear por si se desvanecía del todo.

—Todo el mundo se hace mayor —replicó el fantasma—. Pero, aunque no me veas, siempre estaré aquí, a tu lado. Prométeme una cosa, milady.

El fantasma estaba ya a punto de esfumarse para siempre.

—¡Sí, claro! ¿Qué? —preguntó Stella.

—Prométeme que, aunque ya no puedas ver con tus propios ojos la magia que hay en el mundo, seguirás creyendo en ella con el corazón.

—Lo prometo —susurró la niña.

Lo último que Stella vio de Hollín fue el levísimo contorno de una sonrisa.

Y luego desapareció.

Epílogo

Ese año, el día de Navidad en Saxby Hall fue de lo más atípico. Solo eran tres los comensales sentados en torno a la larga mesa del comedor: Stella, Wagner y Gibbon. En lugar del tradicional pavo con guarnición, el viejo mayordomo sirvió un seto asado. Estaba duro, correoso y sabía a rayos, pero la intención era lo que contaba.

Al día siguiente, la niña comprendió que debía ser realista y tomar algunas decisiones respecto a su futuro. Por más que quisiera quedarse en Saxby Hall, sabía que no podía cuidar de la casa ella sola, así que volvió a conectar el teléfono y buscó ayuda.

Puesto que Stella seguía siendo menor de edad, se decidió que la niña debía ir a un orfanato. Solo cuando cumpliera dieciocho años podría heredar Saxby Hall oficialmente. El orfanato estaba lleno hasta los topes de niños que, como ella, habían perdido a sus padres o no habían llegado siquiera a conocerlos. Todos eran pobres como ratas.

Pese a la buena voluntad de la cariñosa ama de llaves que dirigía el orfanato, no daban abasto. Los cientos de niños que allí vivían tenían que compartir un mismo dormitorio y se apretujaban en las camas de cuatro en cuatro. Solo podían bañarse una vez al mes, y no había sitio para que salieran a jugar fuera.

Stella era la excepción, puesto que se había criado como una princesa en una gran mansión rodeada de jardines. Aunque se esforzaba por disimularlo, la vida en el orfanato no le gustaba. Ahora comprendía por qué el pobre Hollín se había escapado del asilo de pobres. A veces, por la noche, lloraba hasta quedarse dormida. Deseaba mejores condiciones de vida, no solo para sí misma, sino para todos los niños con los que compartía techo.

Así que, ni corta ni perezosa, una mañana se acercó al ama de llaves y le habló de una idea que había tenido. ¿Por qué no trasladaban todo el orfanato a Saxby Hall?

—Si está usted segura, lady Saxby... —contestó la mujer.

—Mejor llámame Stella a secas, y sí, estoy segura —replicó la niña—. ¿Para qué sirve una casa tan grande si no hay nadie dentro?

Una gran sonrisa iluminó el rostro del ama de llaves.

—¡Es una idea magnífica! ¡Los niños estarán encantados!

Vaya si lo estaban. Por fin, cada cual tenía su propia cama. Y todas las noches se daban un baño calentito. En verano jugaban en el jardín y nadaban en el lago.

La verdad es que, desde entonces, siempre parecía verano en Saxby Hall. Gibbon, el viejo mayordomo, entretenía a los huérfanos con sus payasadas. Algunos de los niños más valientes hasta se atrevían a volar a lomos del gran búho de las montañas de Baviera que se llamaba Wagner.

Stella se hizo mayor, claro está, pero Saxby Hall siguió siendo un hogar para los niños. Era el orfanato más alegre del mundo.

SAXBY HALL
UN HOGAR
PARA TODOS
LOS NIÑOS

Si algún día vais de visita, tal vez veáis a una señora muy mayor en el jardín, jugando con algunos de los huérfanos.

Esa anciana se llama nada más y nada menos que Stella. Stella Saxby. Tiene más de noventa años y ya no consiente que nadie la llame «lady». Prefiere que la llamen Stella a secas.

Si sois niños, es posible que también veáis otra cosa en Saxby Hall.

Algo que ningún adulto puede ver.

El fantasma de un pequeño limpiachimeneas jugando feliz en el jardín, entre los demás niños.

Carta de protesta

Queridos lectores:

Permitid que me presente. Me llamo Raj y tengo un quiosco. Soy famoso en el barrio por mis fabulosas ofertas especiales. Hoy, sin ir más lejos, vendo diecisiete botellas de limonada al precio de dieciocho. Hasta ahora he tenido un papel protagonista en los seis libros que ha escrito David Walliams (sí, se llama así de verdad). *La abuela gánster* fue el primero, y luego vinieron *Los bocadillos de rata*, *El chico del millón*, *La dentista demonio*, *El mago del balón* y, finalmente, *Un amigo excepcional*.

Cuál no ha sido mi sorpresa cuando al leer este último libro suyo, *Mi tía terrible,* me he enterado de que había dejado fuera a Raj, o sea, a un servidor. Personalmente, el libro me ha parecido un tostón, porque la acción transcurre allá por el Pleistoceno. ¿A quién le importa lo que pasó hace tanto tiempo? ¡Paparruchas! Prefiero a Ronald Dahl, desde luego.

Me he puesto tan furioso al descubrir que no estaba entre los personajes de este libro que hasta he aplastado un bombón con mis propias manos. Lo sé, tengo que controlar a esta bestia que llevo dentro.

La mayoría de los niños que compran en mi quiosco dicen que solo leen los libros del señor Wallialoquesea (vaya birria de apellido, dicho sea de paso) porque yo, Raj, tengo en ellos un papel protagonista. Hay una creciente legión de fans de Raj (también conocidos como rajófilos) que, como yo, se saltan todos los trozos aburridos y buscan los capítulos en los que aparezco.

Por eso os pido que os suméis a mi protesta y firméis la petición que encontraréis en la página siguiente para exigir que yo, Raj, vuelva a salir en el próximo libro. También me he puesto en contacto con el primer ministro y con la reina de Inglarerra, y ambos me han contestado muy amablemente que haga el favor de no volver a escribirles.

Si el señor Wallialoqueseaquesemenea (ya puestos, podría llamarse así) tiene dos dedos de frente, nos hará caso a mí y a los millones de rajófilos de todo el mundo.

Enfadadamente vuestro,

Raj

P. D.: El bombón que he aplastado con mis propias manos está a la venta en mi quiosco a mitad de precio.

Para firmar la petición de Raj entra en:

www.worldofwalliams.com/bringbackraj

Agradecimientos

Me gustaría dar las gracias a las siguientes personas:

Charlie Redmayne, el mandamás de HarperCollins.

Ann-Janine Murtagh, que es la directora de libros infantiles de la editorial.

Ruth Alltimes, mi fantástica editora.

El gran Tony Ross, que una vez más ha hecho que mis personajes cobren vida gracias a sus maravillosas ilustraciones.

Kate Clarke, que ha diseñado la cubierta.

Elorine Grant, que ha maquetado este libro.

Geraldine Stroud y Sam White, que se han encargado de la publicidad.

Paul Stevens, mi agente literario de Independent.

Tanya Brennand-Roper, que se encarga de producir los audiolibros.

Finalmente, por supuesto, doy las gracias de todo corazón a Barbara Stoat, que es quien escribe todos mis libros, en realidad.

Ojalá disfrutéis mucho con este. Yo todavía no lo he leído, así que no me preguntéis de qué va, porque no tengo ni la más remota idea.

DAVID WALLIAMS

David Walliams

montena